Sudabeh Mohafez

Wüstenhimmel Sternenland

Sudabeh Mohafez

Wüstenhimmel Sternenland

Erzählungen

Arche

Umschlag: Max Bartholl, Frankfurt a. M.
unter Verwendung des Fotos *Grolmanstraße, 2000*

Satz: Gaby Michel, Hamburg
Druck und Bindung: Clausen & Bosse, Leck
Printed in Germany
ISBN 3-7160-2332-9

Inhalt

»If one no longer has land
but has the memory of land,
then one can make up a map.«

Anne Michaels, *Fugitive Pieces*

Sediment

Er ist wieder da. In all seiner Pracht, leuchtend, schimmernd, unwiderstehlich. Er ist wieder da und hat mich überrascht, wie immer. Er meldet sich nie an. Er kommt und geht, wie es ihm paßt. Heute hat er mich auf der Weidendammer Brücke eingeholt. Hinter mir rauscht der Feierabendverkehr die Friedrichstraße entlang. Neben mir lehnt mein Fahrrad am schmiedeeisernen Geländer. Zwischen dem Tränenpalast und dem alten Brecht-Theater sehe ich in die untergehende Sonne, die sich glitzernd und blendend in der Spree spiegelt. Dort, auf dem Wasser, steht er, groß, still und unbezwingbar. Der Damâwand. Der Berg. Die Krone Teherans. Er steht auf dem Wasser, wächst aus ihm heraus zu seinen fast sechstausend Metern Höhe, breitet sich rechts und links über die Ufer der Spree, legt sich auf Straßen und Häuser, und sein weißbedecktes Haupt leuchtet strahlender als die Berliner Abendsonne.

Meine Kehle ist rauh. Ich kenne das schon. Erst

kommt die Atemnot, dann der Kloß im Hals. Ich weiß, daß es nachläßt, wenn ich ruhig bleibe und nicht an dem zweifle, was ich sehe. Ich habe schon alles mögliche versucht. Einfache Dinge, wie Umdrehen oder Wegfahren, aufwendigere, wie die Einnahme unterschiedlichster Betäubungsmittel. Aber es nützt nichts. Ist er einmal da, der Damâwand, dann hat er seinen Grund dafür. Dann läßt er sich nicht vertreiben, dann bleibt er, wo er ist und solange er will. Ohnehin ist das Ansinnen albern. Einen Berg zu vertreiben, den Berg der Berge verscheuchen, verjagen zu wollen, wie kindisch.

Also atme ich gründlich aus, warte den Bruchteil einer Sekunde, hole dann wieder Luft und betrachte das überwältigende Felsmassiv, das so unerwartet in meinem kleinen, zerklüfteten Berlin aufgetaucht ist. Die Stille des Damâwand ist bis hier unten zu spüren, und der braunblaue Schimmer seiner faltigen, rissigrauhen Flanken legt sich auf die Mitte meiner alt gewordenen, neuen Heimat. Das ockerfarbene Dorf an seinem Fuß döst in der Abendsonne, obwohl ich weiß, daß es in Wahrheit nicht mehr existiert. Die Stadt hat es sich einverleibt. Möglicherweise ist es zum Altstadtkern eines neuen Bezirks geworden, wenn es auch wahrscheinlicher ist, daß es dem Erdboden gleichgemacht wurde und verschwunden ist. Nicht aber seine Bewohner, die arm sind und einflußlos. Ja, es wird wohl eher so sein. Das Dorf wird vielgeschossigen Neubauten aus billigem Beton Platz gemacht haben, die trockengewohnt werden, wie vor der Jahrhundertwende die Gründerzeithäuser Berlins. Trockengewohnt von denen, die dort vorher in Lehmhütten und schmalen, an den Fels geschmiegten Häusern aus selbstgebrannten Ziegeln lebten.

Wie Musik brandet das Hupkonzert des Teheraner Verkehrs an meine Ohren. Der Schiffbauerdamm ist über und über behängt mit bunten Lichtern, es wird ein Feiertag sein, und mir läuft das Wasser im Munde zusammen, als ich die Männer neben ihren kleinen Petroleumöfen entdecke, die, am Straßenrand hokkend, Labu verkaufen, in Salzwasser gekochte rote Bete.

An den Hängen des Damâwand im Norden Teherans plätschert die Spree unter meinen Füßen, und eine der Punks, die vor dem Tränenpalast ihr Lager aufgeschlagen haben, will Zigaretten schnorren. Daß ich ihr keine geben kann, sage ich, weil ich nicht mehr rauche. Sie glaubt mir nicht und besteht auf mindestens einem Exemplar. Ich frage, ob sie den Berg sieht. Eine alte Sau sähe sie nur, und zwar genau da, wo ich stünde, gibt sie zur Antwort, pfeift nach ihrem Hund und geht.

Ich wende mich wieder zum Höchsten der Hohen.

Rauchen wäre gar keine so schlechte Idee. Ich würde tief inhalieren und dann einen langen grauen Silberstreifen in die Luft schicken. In die Luft vor mir, vor meinem Gesicht. Einen Streifen silbrigen Rauchs, der meine Sicht vernebeln und meinen Anblick verstecken würde, verstecken vor dem Berg. Natürlich nur für Sekunden, für Bruchteile von Sekunden. Ohnehin wäre das Ansinnen albern. Mich vor dem Berg zu verbergen, vor dem Berg der Berge, mich wegmachen, ihm ausweichen, entwischen zu wollen.

Abwesend taste ich in meiner Jackentasche nach einer vergessenen Packung Zigaretten, aber es ist zu lange her, daß ich das Rauchen aufgegeben habe. Ich entsinne mich noch gut an den Moment. Wir saßen auf den Stufen eines kleinen Ladens, der leer stand wie die meisten Wohnungen in dem alten baufälligen Haus. Wir, das waren Mira und ich. Sie rauchte nach Pfeife riechende, filterlose Zigaretten und brachte Geschichten mit. Ich war zuständig für ein Sixpack Billigbier und einen Stapel alter Zeitungen gegen die Kälte von unten. Damals war ich schon auf leichte Sorten umgestiegen und handelte mir dafür jeden Abend Miras Spott ein. Von Ende März bis Anfang Oktober saßen wir bis weit nach Mitternacht auf dem Treppchen, tranken jede drei Bier und verloren uns in dem, was sie erzählte. Es waren Träume für die Zukunft oder Geschichten aus der Vergangenheit.

Eines aber war ihnen gemeinsam: Sie spielten immer in Berlin, in Miras Berlin, einer Stadt, die ich nicht kannte und deren Straßen gesäumt waren von Gefängnissen, Heimen und Asylen. Ihre wichtigsten Bewohner waren arme Huren, reiche Huren, Kinder und Hunde. Sie war angefüllt mit Politik, massenweise Politik. Von unten, darauf legte Mira wert.

Über mein Berlin sprachen wir nicht. Es interessierte Mira nicht, und ich konnte das verstehen, denn mein Berlin war ein verwischtes. Eines, das nicht richtig zu sehen war, sich stets entzog und irgendwie nebelhaft blieb. Es war mir ähnlich: eigenbrötlerisch, ein wenig verloren, häßlich, widersprüchlich und vernarbt.

An einem dieser Abende waren wir unterwegs in der Strafvollzugsanstalt Söthstraße, wo Frauen mit gebeugtem Rücken hölzerne Wäscheklammern fertigten. Mira erzählte von einer leidenschaftlichen Liebe, die hier ihren Lauf genommen hatte, nur um einige Jahre später, allerdings in Italien, ebenso dramatisch zu enden, wie sie begonnen hatte. Völlig in ihre Geschichte versunken, drückte ich meine siebenunddreißigste Zigarette des Abends mehrmals auf den Boden und bekam, als ich den Stummel schließlich fallen ließ, plötzlich keine Luft mehr. Ich japste und machte quietschende, ächzende Geräusche, dachte panisch, daß das Leben nicht so urplötzlich, so unerwartet und auf so gemeine Weise zu Ende gehen könne, und hörte durch das anschwellende Rauschen in meinen Ohren eine Stimme, die immer wieder energisch sagte: »Ausatmen! Du mußt ausatmen!« Es war Mira, die diesen Befehl ein ums andere Mal wiederholte und mir gleichzeitig die Arme hochriß, weit über den Kopf – im Mundwinkel eine Kippe. Seitdem rauche ich nicht mehr.

Einmal habe ich Mira vom Damâwand erzählt. Da stand er gerade bei uns im Hinterhof. Ich überlegte kurz, gab mir schließlich einen Ruck und fragte sie, ob sie ihn sähe.

»Wen?« wollte sie wissen.

»Den Berg«, sagte ich leise, »da vorne.«

Wir saßen auf dem Fensterbrett unserer Bruchbude, vierter Stock Altbau, und blickten nach unten. Es war Spätsommer oder Frühherbst, goldene Reste von Sonnenstrahlen, die über dem Hof hingen, ein paar langgezogene Spinnweben, an unsichtbaren Enden befestigt, die scheinbar im Nichts vor uns aufgespannt waren, und ein Geruch, der all der Stadt um uns zum Trotz voll Erde war. Der Damâwand stand genau vor uns. Um seinen schneebedeckten Gipfel zu sehen, mußte ich den Kopf weit in den Nacken legen. Ich freute mich über seine Nähe und dachte an meinen Vater, wie er mir bei einer Gebirgsfahrt geologische Formationen erklärte. Er erzählte von Tieren, die hier vor Hunderttausenden von Jahren gelebt hatten. Unter dem Wasser gelebt hatten, denn wir bewegten uns auf Sedimentgestein. Auf dem durch gigantische Kräfte an die Erdoberfläche gedrückten Boden eines uralten Ozeans, Ammoniten, Trilobiten, Tiere der Vorzeit mit akademischen Namen, tief vergraben ins Gestein.

»Ne, seh' ich nich', dein' Berg«, sagte Mira nach einem Blick in den Hof.

Ich habe ihr dann von ihm erzählt. Wie er damals im Flugzeug erschien und ich fürchtete, die Maschine könnte das Gewicht nicht tragen. Wir Passagiere, die Stewardessen, die Sitze und die kleinen, ovalen Fenster schimmerten genauso durch den Damâwand wie jetzt der Efeu und die Vorderhausfassade, während unter uns, still und unbeachtet, mein Teheran verschwand. Ich habe Mira auch erzählt, wie der Berg dann in Berlin in der Schule auftauchte. Im Sportunterricht bei Herrn Katzing und beim Putzen in Frau Malikowskis Wohnung. Eigentlich immer wieder irgendwo.

»Und, na ja, jetzt ist er hier im Hof. Diesmal schon ziemlich lange. Ich glaube, fast zwei Wochen.«

Mira schwieg. Dann schwang sie die Beine über das Fensterbrett, holte sich eine Dose Bier aus unserer neuesten Anschaffung, dem Kühlschrank, der unser ganzer Stolz war, weil er nichts gekostet hatte und jederzeit kühles Pils garantierte, und setzte sich wieder neben mich. Ein Zischen flitzte durch die Küche, als sie mit geübtem Druck die Aluminiumlasche versenkte. Wie jedes Bier trank Mira auch dieses genießerisch in Ruhe und voller Anerkennung. Schließlich betrachtete sie eine Weile lang aufmerksam den Hinterhof.

»Seh' ihn noch immer nich', dein' Berg«, sagte sie und schlenkerte mit den Beinen dabei.

Ich nickte, und wir schwiegen weiter. Dann zeigte Mira auf die Silhouette von Herrn Börne, die sich gegenüber auf der Milchglasscheibe seiner Küche abzeichnete. Er hatte sie dort eingebaut, weil er wußte, daß Mira und ich, wenn wir nicht unten auf dem Treppchen saßen, hier oben herumlungerten und in seine Küche schauten. Die aber zierte neuerdings eine Kastendusche. Offenbar gingen Herrn Börne die dadurch entstandenen neuen Aussichten zu weit, und so hatte er mit Hilfe der undurchsichtigen Scheibe unseren optischen Radius auf ein annehmbares Maß zurückgeschraubt. Mira zeigte mit der Dose auf Herrn Börnes durchscheinenden Glasschatten, sagte, daß der sie an Max erinnere, und begann damit eine neue Geschichte.

Herrn Börnes Schatten vor Augen, gebe ich die Suche nach Zigaretten auf und ziehe die Hand aus der Tasche. Neben mir scharrt etwas auf dem Pflaster.

Bei meinem Fahrrad steht ein Esel. So weit ist der Berg noch nie gegangen. Konzentriert atme ich aus und ein und aus und bemerke erleichtert, daß der kleine Junge, der auf dem Tier sitzt, blond und außerdem in Begleitung eines bunt gekleideten, gut genährten Herrn ist, den eine vielzipflige, glöckchenbekränzte Mütze schmückt. Er schwenkt ein klapperndes Töpfchen mit Münzen hin und her. Das Trio sammelt Spenden für einen Zirkus, der in Schöneberg gastiert. Ich brauche mein Geld selber, schüttle den Kopf und finde, daß das Kind dringend ins Bett muß. Der Gedanke beschert dem unbekannten Mann einen vorwurfsvollen Blick, den er nicht versteht. Der kleine graue Esel schnaubt leise, und ich könnte wetten, daß er mich angrinst, als er so zu mir hochblickt. In Gedanken sage ich zu ihm, daß ich auch endlich nach Hause muß. Der Esel nickt zufrieden. Ich greife nach meinem Fahrrad und wende mich um, dem Damâwand zu winken.

Der aber ist verschwunden, wie schon so viele Male zuvor. Und die Spree, die alte, sie schwappt und plätschert, als wäre nichts, aber auch gar nichts geschehen.

Der Zeitlupenschrei

Der Zeitlupenschrei kommt bei einem Familienfest. Dreißig, vierzig Leute, viele Kinder, gutes Essen. Mitten da hinein zwängt sich der Schrei. Ein furchtbarer, langgezogener und elender Schrei. Aus einer unbekannten Kehle hat er sich den Weg gebahnt durch die dicken Ziegelmauern des Hauses, den Windfang und die Halle, am sommerkalten Ofen vorbei, durch die Flügeltür und ist bis ins Wohnzimmer gedrungen, wo die Menschen sitzen und feiern. Er wiederholt sich, durchdringend, quälend, markerschütternd, und schwillt langsam, aber stetig zu entsetzlichem Elend an, voller Todesangst und Verzweiflung.

Das Innehalten geschieht dann in Zeitlupe. Auch das Heben des Kopfes. Das Erstarren des Lächelns auf den Lippen. Das Streichen der Strähne aus dem Gesicht und das Umdrehen auf den Fersen dabei. Das Laufen zur Haustür und das Geräusch von Erwachsenenschritten hinter dem Rücken. Wortfetzen wie in Watte. Über den Kopf greift eine große Hand langsam zur Klinke, drückt sie eine Ewigkeit lang nieder und öffnet die Tür. Die Feiermenschentraube quillt trudelnd in die Mittagssonne. Kinderaugen folgen der Straße. Sie beschreibt vor dem Haus eine Kurve, die den kleinen Hügel hochfließt. Genau so, wie man manchmal vom Fahrrad steigen und schieben muß, weil er so steil ist, schiebt sich jetzt der Blick den Hügel hinauf.

Oben thront ein Kamel. Es kniet. Männer haben ihm den langen Hals nach hinten gebogen. Zwei drücken seine Wange gegen die eigene Seite. Die anderen halten mit Stricken das vielfach gefesselte, große Tier am Boden. Das Kamel schreit. Es weiß, daß es stirbt. Das Kamel ist ganz und gar allein.

Alle beobachten, wie ein Mann mit einem riesigen Messer, fast einem Säbel, präzise und routiniert, rhythmisch, kräftig, dem Kamel, das in der Sonne auf dem Hügel thront, den langen Hals vom Körper trennt, bis die Schlagader geöffnet ist.

Sie fangen das Blut in einer Schüssel auf, die groß ist und aus verbeultem, silbrigweißem Blech. Das Blut schwappt über. Das Kamel schreit immer noch. Frauen und Männer stehen auf der Straße, sehen zu, unterhalten und langweilen sich, machen Witze, schimpfen mit Kindern, die Fangen spielen, und halten Babys auf dem Arm. Sie kraulen sich am Sack und unter den Brüsten. Sie spucken zur Seite und zünden sich Zigaretten an. Sie verlagern das Gewicht von einem Absatz auf den anderen und verscheuchen eine Fliege.

Später grinst eine Stimme durchs Zimmer. Der, dem sie gehört, beugt sich von hinten über den Stuhl und stemmt seine Arme links und rechts neben den Teller auf den Tisch. Er schaut von oben auf sein Kind und hält ihm, gespießt auf Gabelspitzen, ein Stück dampfendes Lammfleisch vor den Mund.

»Iß, Schatz«, sagt die Stimme schmeichelnd, »iß das leckre Kamelfleisch«, und gluckst vor Belustigung kehliges Lachen aus sich heraus.

Das Entsetzen geschieht dann in Zeitlupe. Auch das Senken des Kopfes. Das Krampfen der Finger um hartes Lehnenholz und das Schließen von Augen und Mund. Das Geräusch einer Stimme wie Watte im Rücken. Um den Kopf greift eine große Hand langsam zum Kinn und dreht es eine Ewigkeit lang zu sich herum. Alle sehen zu, wie der Vater mit einer riesigen Gabel, fast einem Rechen, präzise und routiniert, rhythmisch, kräftig, dem Kind den Hals mit Fleisch vollstopft. Sie sammeln die Atemnot, die Übelkeit und die Angst in einer Woge aus kreischendem Gelächter und schlagen sich auf die Schenkel dabei. Frauen, Männer sitzen am Tisch und stehen im Raum herum. Sie sehen zu, unterhalten und langweilen sich, machen Witze, schimpfen mit dem Hund, der vom Garten her nach Knochen winselt, und halten Babys auf dem Arm. Sie kraulen sich am Sack und unter den Brüsten. Sie essen Dessert und zünden sich Zigaretten an. Sie verlagern das Gewicht von einem Absatz auf den anderen und verscheuchen eine Fliege.

Vor Allâhs Thron

Die Finsternis ist vollkommen. Nâhid schlägt die Augen auf, weil man das tut, wenn man erwacht. Sie hätte sie ebensogut geschlossen lassen können. Selbst bei Tage ist es hier dunkel. Nachts aber gibt es keinen Ort, den die Augen eines sehenden Menschen weniger durchdringen könnten. Nâhid horcht in das Atmen der Schlafenden, tastet mit dem Gehör den Raum ab und spürt, daß jemand fehlt.

Jeden Abend, wenn sie sich schlafen legt, sagt sie ihrem Körper, wann sie wieder wach sein muß. Sie sagt es, als sei da jemand, der sie hörte, als gäbe es in ihrem Innern eine Instanz, bei der man einen Weckruf bestellt. Sie murmelt es vor sich hin, als redete sie leise zu einer Person, die neben ihr steht. Gestern nacht sagte sie: »Drei Uhr.« Das ist eine gute Stunde früher als sonst. Drei Uhr hat sie entschieden, weil sie mit Ärger rechnete, nichts Konkretes, nichts Begründetes. Es war nur ein Gefühl, eines dieser Gefühle, die sie manchmal hat, eine diffuse Ahnung.

Nâhid nimmt solche Dinge ernst, auch wenn sie dafür belächelt wird. Sie richtet sich immer danach. So wie sie weiß, daß ihre Ahnungen von Bedeutung sind, weiß sie, daß auf ihren Körper Verlaß ist, und als sie die Augen aufschlägt, weiß sie, daß es drei Uhr morgens ist, vielleicht zwei Minuten früher oder später.

Neben sich hört sie Mahmuds leises Schnarchen, als verfinge sich eine leichte Sommerbrise in seinem üppigen, graumelierten Schnurrbart und zöge einzelne Haare wie Seidenfäden entlang seiner Zähne. Nâhid muß lächeln. Seidenfäden, Sommerbrise. Dabei sind seine Barthaare borstig wie Besenreisig und vergilbt vom Rauchen, wie auch die wenigen Zähne, die ihm noch geblieben sind, die immer fauliger riechen und jedesmal schmerzen, wenn er auf ein nicht gut gedämpftes Reiskorn beißt.

Sie küssen sich schon lang nicht mehr. Wenn sie sich lieben, hat es eher mit Trost zu tun als mit Begehren, aber es ist ein warmer Trost, ein verläßlicher, ein Akt des Haltens und Gehaltenwerdens. Und natürlich hängt es von Gelegenheiten ab, denn wann sind sie schon allein?

Dicht an ihren Füßen spürt sie, wie eines der Kleinen sich um die eigene Achse dreht, dabei seufzt und sich gleich wieder tief in Schlaf hinein entspannt. Links, im Abstand von einem Meter, müssen Mariam und Schahrâm liegen. Die beiden spürt sie nicht mehr deutlich, sie sind schon zu erwachsen.

Wie die Nähe nachläßt mit der Zeit, denkt sie, ohne sich zu wundern. Sie nimmt es hin, wie fast alles andere im Leben, von dem sie weiß, daß sie es nicht ändern kann.

Jemand ist nicht im Raum, und es ist keines ihrer jüngeren Kinder. Vielleicht ist Schahrâm zu einem nächtlichen Streifzug mit Freunden aufgebrochen. Sie weichen der Polizei geschickt aus und machen sich einen Spaß daraus, ihr Leben zu riskieren, als sei es nichts wert. Die schmutzigen, halblegalen Bordelle, die sie aufsuchen. Die zwei oder drei Stunden, für die sie sich mit einer Hure verheiraten, damit alles seine Ordnung hat. Das, denkt Nâhid und schüttelt sich, hat der Prophet nicht gemeint, als er von der Zeitehe sprach.

Schahrâms Streifzüge sind ihr verhaßt, aber sie kann sie nicht verhindern. Sie zankt sich nicht mit ihm. Sie äußert sich nicht dazu. Nur einmal hat sie ihn beiseite genommen, still in einer Ecke, und hat zu ihm gesagt, daß er in die Moschee gehen und sich waschen soll, wenn er heimkommt von diesen Orten. Sein Gesicht lief rot an, und einen Moment lang war sie sich nicht sicher, ob er wütend oder peinlich berührt war. Dann drehte er sich ruckartig um, stürmte aus der Höhle und blieb drei Tage lang verschwunden. Seitdem kommt er immer frisch gewaschen zurück.

Vielleicht ist es auch Mariam, die fehlt. Sie verschwindet häufig zu konspirativen Treffen. In Nâhids Wortschatz ist das eine neue Vokabel, konspirativ. Sie versteht, warum sich Mariams Leute im geheimen treffen. Sie planen gefährliche Dinge. Sie wollen einen Umsturz anzetteln und eine neue Ordnung schaffen, von der Nâhid nicht glaubt, daß sie besser werden wird als die jetzige. Mariam aber ist fest davon überzeugt. Sie hält lange Reden über Gerechtigkeit, über ein Recht auf Bildung für alle, über die Gleichberechtigung der Frauen, was auch immer das sein mag, und sie liest Bücher. Persische Bücher, arabische und einmal sogar ein englisches. Nâhid kann nicht lesen, weder Persisch noch eine andere Sprache. Aber erst vor kurzem hat sie sich von Mariam das Zahlenschreiben beibringen lassen – zu deren Erstaunen nicht nur in arabischen, sondern auch in lateinischen Ziffern. Sie hat es verbissen geübt und beherrscht jetzt die Zahlen von eins bis einunddreißig in beiden Versionen fehlerfrei. Für Buchstaben hat sie sich nicht erwärmen können. Mariam erzählt ihr immer, was für ein Buch sie gerade studiert, woher sie es hat und worum es darin geht. Nâhid begreift nicht, was an ihnen so wichtig ist. Sie scheinen sich alle zu ähneln. Es sind Bücher der Wut.

Gedanken über Geld, über Erdöl und über die Geschichte der Völker. Nâhid ist stolz darauf, daß Mariam nicht nur lesen kann, sondern auch mehrere Sprachen spricht, daß sie so klug ist und viele wichtige Leute kennt. Aber manchmal wäre es ihr doch lieber, ihre Tochter suchte sich eine Arbeit, die sich nicht erst übermorgen und nicht nur hoffentlich bezahlt machen würde.

Sie hätte bei Frau Marquardt arbeiten können, die dringend eine zuverlässige Putzfrau suchte. Beim Kaffeeklatsch der Damen sprach eine der Anwesenden spaßeshalber Persisch. Es war das holprige, kehlige Persisch, das Nâhid von ihren früheren Arbeitgeberinnen kannte. Frau Engelhardt ist eine Ausnahme. Sie spricht mit einem harten Akzent, aber sie tut es fließend und fast fehlerfrei. Nâhid weiß Frau Engelhardts gutes Persisch zu schätzen, es vereinfacht vieles.

»Chânom«, hat sie später zu ihr gesagt, »Chânom, ich wüßte ein gutes Mädchen für Frau Marquardt, wenn sie jemanden zum Putzen sucht.«

Frau Engelhardt hat nicht zugehört. Sie war gelangweilt von dem Nachmittag mit den anderen Damen, träge vom vielen Kuchen und leicht übersäuert von den drei Tassen Kaffee. Außerdem war es ungewöhnlich heiß, und die Klimaanlage war ausgefallen. An einem solchen Tag war nichts zu machen.

Frau Engelhardt würde sie nicht wahrnehmen. Wenn Nâhid Glück hatte, würde sie daran denken, ihr die zweiunddreißig Tomân hinzulegen, die sie an den fünf Arbeitstagen dieser Woche verdient hat. Also sagte sie nichts weiter und brach abends, das Geld dankbar in einem sicheren Beutel zwischen ihren Brüsten verwahrt, nach Süden auf. In der nächsten Woche fragte sie Frau Engelhardt noch einmal und kam abends triumphierend mit der Nachricht nach Hause, daß ihre Tochter schon in der nächsten Woche bei Frau Marquardt Probeputzen dürfe. Mariam starrte sie an, mit Augen so groß wie die Scheinwerfer der Panzer, die neuerdings ständig durch die Straßen der Armenviertel rollten. Sie sagte ein paar garstige Dinge, an die sich Nâhid nicht mehr erinnert, und verschwand, zwei Bücher unter dem Arm.

Nâhid hat es schon lange aufgegeben, sich in die Angelegenheiten ihrer beiden Ältesten einzumischen. Sie sind fünfzehn und sechzehn. Sie sind erwachsen. Manchmal bringen sie Essen mit, manchmal ein wenig Geld. Manchmal bleiben sie tagelang fort. Nâhid hat keine Kraft übrig, sich Sorgen um sie zu machen. Wenn es Essen gibt, bekommen alle, die da sind, ihren Teil. Gibt es keines, bekommen sie ihren Teil vom Hunger. Das gilt für die Kleinen wie für die Großen, für Putzfrauen wie für Revolutionäre.

Schließlich schlägt Nâhid die drei dünnen, löchrigen Decken zurück, unter denen sie und Mahmud liegen. Sie rollt sich zur Seite, auf die kalte Erde, legt zwei der Decken dicht an Mahmuds Körper und breitet eine blind über die Kinder. Mit einem Handgriff nimmt sie den Tschâdor vom Flickenteppich, auf dem sie gelegen hat, und stopft ihn sich zusammengeknüllt unter die linke Achsel. Sie hat in den einzigen Kleidern geschlafen, die sie besitzt, und geht, ohne etwas anzurühren, die vier Schritte durchs Dunkel bis vor zu der dünnen Plane. Der Stoff schottet die Höhle notdürftig vor den Oktoberwinden ab, die von Zeit zu Zeit schon Winterzähne fletschen. Bevor sie ihn anhebt, lauscht Nâhid noch einmal in den niedrigen Raum hinter sich: leise Atemgeräusche, das raschelnde Huschen eines kleinen Nagetiers irgendwo von links und die Abwesenheit eines ihrer älteren Kinder. Nâhid schiebt sich durch einen Spalt zwischen dem modrigen Erdreich und der Plane ins Freie, in den Dunst von Urin, Teer, Abfällen und brackigen, fauligen Pfützen.

Sie reckt sich, horcht auf das leise Knacken einzelner Knochen, das ein Gefühl der Entspannung durch ihren Rücken schickt. Sie zieht den Tschâdor über den Kopf, legt ihn locker um ihren Körper, verknotet seine Enden vor den Brüsten, damit sie die Hände frei hat, und sieht sich um. Sehr weit oben funkeln Sterne an einem blitzblanken Himmel. Sie funkeln, denn es ist Neumond, und niemand macht ihnen ihren Glanz streitig. Nâhid schiebt ihren Blick in der Tiefe der Nacht einmal von links nach rechts durch den schmalen Erdschacht, auf dessen Grund sie steht. Er erstreckt sich entlang der äußersten Südgrenze der Stadt. Alle paar Meter verdunkeln sich die etwas mehr als mannshohen Wände zu Vertiefungen, die abgedeckt sind durch Planen, wie bei ihnen, durch Holzlatten, wie bei Purân und Hossein gegenüber, oder die einfach wie aufgerissene Münder offenstehen, wenn die Bewohner noch nichts auftreiben konnten, um der Kälte und Nässe in den Nächten den Zutritt zu erschweren. Immer wieder ist eine verschüttete Höhle dazwischen, deren Decke eingestürzt ist, weil ein Auto zu nah an den Schacht herangefahren ist oder weil die Bewohner zu unvorsichtig waren und den Raum nach oben vergrößern wollten. Viele gewöhnen sich nur langsam und nur schlecht an die höchstens einen Meter sechzig Wohnhöhe, die die Höhlen zu bieten haben.

Nâhid seufzt leise, ihre Schritte sind langsam, ihre Knochen schmerzen vom Rheuma, ihre Augen scheinen ein Sammelbecken für scharfkantige Sandkörner zu sein, und die verfluchte Schwangerschaft macht ihren Körper jetzt schon schwerer, als sie ertragen kann. Sie tastet nach dem Beutel mit dem letzten Kleingeld für die Fahrten und sieht sich auf dem Nachtboden nach einem Stock um, auf den sie sich stützen könnte: Kanister, aufgeweichte Pappe, Kothaufen, ein zerfetztes Puppenbein, alles mögliche. Nirgends ein Stock. Als Nâhid wieder hochschaut, fällt ihr Blick auf sie.

Mariam steht an den von vielen Füßen in die Erde getretenen Stufen, die im Umkreis von einem Kilometer den einzigen Aufstieg aus dem Graben bilden. Schon von ferne erkennt Nâhid die kämpferische Haltung, die ihre Älteste eingenommen hat. Der Tschâdor ist fest um ihren schmalen Körper gewickelt und wirkt eher wie eine Uniform. Auch sie hat die Stoffenden hinter den Schultern entlanggeführt und vor den Brüsten zusammengeknotet. Die Fäuste hat sie in die Hüften gestemmt, die Beine leicht gespreizt. Es würde gut ins Bild passen, wenn sie quer vor dem Körper ein Maschinengewehr trüge.

Ach Schatz, denkt Nâhid, senkt den Kopf wieder und läuft unbeirrt, aber angestrengt und ohne Freude weiter, bis sie vor ihrem Kind steht, zu dem sie aufsehen muß, weil es fast zehn Zentimeter größer ist als sie selbst.

»Sie gehen jetzt zurück«, zischt Mariam ihre Mutter an, als sie in Hörweite kommt. »Sie gehen jetzt sofort zurück!«

Nâhid hebt die Hand und streicht Mariam über die seidenweiche Haut, die duftet wie die üppige Erde unter dem alten Olivenbaum in dem Dorf aus einer anderen Welt, in dem Nâhid vor einunddreißig Jahren geboren wurde.

»Was tust du hier, Liebling?« flüstert Nâhid. »Es ist Viertel nach drei in der Frühe, und du solltest schlafen, mein Herz.«

»Mutter, Sie gehen jetzt zurück nach Hause, und ich werde Sie begleiten. Dieser Unfug muß aufhören. Kommen Sie«, Mariam greift nach dem Ellbogen ihrer Mutter.

Nâhid lächelt. »Du tust mir weh, Liebling, mein Augapfel, meine Rose. Du tust deiner Mutter weh, die dich geboren hat, und stellst dich ihr in den Weg. Sei so gut, mach mein Leben nicht schwerer, betrübe mein Herz nicht und leg dich wieder schlafen.«

»Diesmal nicht.« Mariam ist fest entschlossen und stellt sich energisch vor den Aufstieg. »Sie hat Ihnen gekündigt, die alte Ratte. Sie hat Sie rausgeschmissen. Ohne Grund, ohne irgendeinen Grund hat sie Sie vor die Tür gesetzt, die Hure, und Sie wollen wieder zu ihr? Sie wird Ihre Arbeit nicht bezahlen, sie wird Sie nur wieder erniedrigen. Vielleicht wird sie Sie noch nicht einmal ins Haus lassen. Nein. Nein, nein! Heute nacht bleiben Sie hier, und wenn ich Sie zwingen muß. Diese Europäer müssen raus aus unserem Land! Während wir hungern, leben sie in Palästen. Während wir ihre Böden schrubben, trinken sie Eiskaffee und haben Migräne.«

Nâhid verliert sich unter dem Schatten der Nacht im Glitzern und Leuchten der schwarzen Augäpfel ihrer Tochter. Einen Moment lang sieht sie ihr Mädchen vor sich, wie sie war, als sie gerade zu krabbeln begann, als sie anfing zu sprechen, als sie die ersten Zähne verlor. Einen Moment lang wünscht sie sich, sie könnte die Zeit zurückdrehen und müßte nicht mit dieser wutentbrannten, unverständigen jungen Frau sprechen, die sich vor ihr aufbaut.

»Kind, du weißt, ich bin nicht so klug wie du«, sagt sie leise. »Ich habe in meinem ganzen Leben kein Buch gelesen, ich verstehe die Welt nicht und kenne niemanden von Einfluß, selbst den Koran, möge Allâh mir vergeben, kenne ich nicht, wie ich ihn kennen sollte. Du weißt auch, daß ich niemals etwas sagen will, was dir Schmerzen bereitet, weil du mein Herz bist und meine Rose, mein Kind, das aus meinem Schoß in diese Welt gekommen ist. Jetzt aber muß ich dich daran erinnern, daß du mit deinen Leuten Bücher liest, während ich die Böden der Europäer schrubbe. Also vielleicht magst du zur Seite treten und deine alte Mutter tun lassen, was sie beschlossen hat zu tun.« Mariam zuckt zusammen und ist still. Nâhid nutzt die Pause und sagt: »So wie deine Mutter dich tun läßt, was du beschlossen hast zu tun.«

Wieder streicht sie ihrer Tochter mit dem Handrücken über die Wange, schiebt sie dann sachte zur Seite und beginnt, ihren müden Körper die sogenannte Treppe hinaufzuhieven.

»Wissen Sie, warum die Engelhardt Sie rausgeschmissen hat, Mutter? Wissen Sie es?« Mariam wartet nicht auf eine Antwort. Langsam, drängend geht sie dicht hinter Nâhid die Stufen hoch, den Oberkörper nach vorn gebeugt, den Mund nah an deren rechtem Ohr. »Weil sie eine neue Mode haben. Die deutschen Frauen, auch die französischen und mit Sicherheit die amerikanischen. Sie stellen jetzt lieber junge Männer aus Sri Lanka ein. Schmale, feingliedrige, samthäutige, duftende Ceylonesen, die mit ihren geschickten Fingern garantiert nicht nur verstaubte Ecken hinter Schränken befingern.«

»Mariam«, sagt Nâhid und läßt mit ihrem Ärger eine scharfkantige Farbe in ihre Stimme fließen, »rede nicht so liederliches Zeug in Anwesenheit deiner Mutter. Geh und sieh nach den Kleinen. Nasstaran wird krank. Lauf zum Brunnen. Wenn du dich beeilst, schaffst du es vielleicht in zwanzig Minuten, und bevor die Schlange endlos lang ist. Geh gleich los, gleich jetzt, wenn du schon einmal wach bist. Vielleicht kannst du irgendwo eine halbe Zitrone auftreiben. Geh zu Purân und sieh, ob sie Holz für Feuer haben. Wenn sie dich läßt, mach eine Tasse Wasser heiß und gib es deiner Schwester mit etwas Zitrone. Ich mache mir Sorgen, daß sie wieder fiebert. Kümmre dich um sie, verstehst du, und laß mich jetzt in Frieden, bis wir uns, enschâllâh, heute abend wiedersehen.«

Nâhid kommt am oberen Ende des Aufstiegs an, betritt die staubige Straße, die voller Geröll und Unrat ist, und keucht leise vor Anstrengung. Sie horcht auf die Schritte ihrer Tochter, die erst ausbleiben, dann wieder einsetzen, langsam, sich in der Tiefe verlieren, und sieht schließlich Mariams Silhouette mit den Schatten des Grabens verschmelzen, Richtung Höhle fließen, Richtung Nasstaran, die fünf Jahre alt ist und vielleicht schon im Fieber liegt. Nasstaran, deren Stirn sie nicht berührt hat heute morgen, aus Furcht, sie würde die Kraft nicht aufbringen, das Kind allein zu lassen.

Nâhid knotet den Tschâdor auf und legt ihn sich eng ums Gesicht, denn neuerdings schauen manche Männer, sogar Frauen von Zeit zu Zeit, seltsam und feindselig, wenn man ihn trägt, wie es Sinn macht, ihn zu tragen. Es scheint Nâhid, als sei der Tschâdor nicht mehr das Kleidungsstück, das er in ihrem Leben war, solange sie denken kann. Sie hat den Eindruck, als sei er jetzt mehr, ein Symbol vielleicht, eine Art Erkennungszeichen. Sie will nichts riskieren. Sie kreuzt die Ausfallstraße, so schnell sie kann, und sucht auf der anderen Seite ihren Weg nach Norden. Wenn irgendwo Stimmen laut werden, weicht sie aus. Wenn sie Schritte hört, duckt sie sich hinter eines der verrosteten Autowracks, die hier überall herumstehen, ausgeweidet und leer geraubt. Nâhid denkt an ihre kranke Tochter, verscheucht aber das Bild des anderen Kindes, das sich darüberlegt, nicht. Sie geht langsam, Schritt für Schritt, und achtet darauf, regelmäßig zu atmen, um das Seitenstechen in den Griff zu bekommen.

Peter, denkt sie. Peter ist ein eigenartiger Name. Er klingt hart und irgendwie zu kurz. Als sei es der Name für ein Tier, nicht der für einen Menschen, einen geliebten Menschen, ein eigenes Kind. Nâhid hat Peters Namen von Anfang an verändert. Manchmal ruft sie ihn Pedardschun, Väterchen, was lustig ist, weil Peter erst sechs ist. Aber es klingt weicher und wärmer und trotz der falschen Bedeutung eher nach Kind als nach Hund oder Katze. Oder sie sagt einfach Pedi zu ihm. Es ist ohnehin nicht wichtig, wie sie ihn ruft. Wann immer sie mit ihm spricht, sieht er zu ihr hoch, und dieses Leuchten erscheint in seinem kleinen, blassen Gesicht.

Um Viertel vor fünf hat sie es bis zum großen Südkreuz geschafft, wo auf einem riesigen Platz der Morgenverkehr gerade zu stoßen, toben und dröhnen beginnt. Nâhid geht durch die Trauben von Menschen, die sich um die kleinen orangefarbenen Taxis sammeln und darüber verhandeln, welcher Wagen zu welchem Preis mit wie vielen Fahrgästen in welche Richtung fahren wird. Sie schiebt sich vor bis zu Madschids zwei kleinen, tragbaren Petroleumöfen, die um diese Zeit immer schon dampfenden Tee und gekochte Maiskolben für die Passanten bereithalten. Madschid sieht sie kommen und lächelt sein breites, zahnloses Lächeln. Als sie vor ihm steht, sagt er leise:

»Nâhid, Nâhidschun, du faltige Zierde des Morgens, was tätest du nur, wenn wir damals, als du noch die sanften Augen eines Rehs hattest und ich noch die Stärke eines mächtigen Hirsches, was tätest du nur heute, wenn wir nicht damals all diese verbotenen Spiele getrieben hätten? Was täte dein hungriger Magen, wenn ich dich nicht immer noch liebte, obwohl du alt und häßlich geworden bist. Was tätest du nur, wenn ich nicht immer noch fühlte, wie meine Stärke sich aufrichtet bei deinem Anblick, weil er mich erinnert an eine Zeit, als die Welt noch vor uns lag. Was tätest du nur, meine Tulpe, meine Blüte von Jasmin?« Dann bricht er in lautes Gelächter aus und füllt ein Glas Tee für Nâhid. Die sieht ihn an, schmunzelt, schweigt, trinkt einen Schluck und sieht zu, wie Madschid ihr einen Kolben Mais aus dem Salzwasser fischt.

»Was ich täte, du Hurensohn? Was ich täte? Ich würde einfach zu Rostam gehen oder zu Rezâ, vielleicht auch zu Huschang, wer weiß. Denkst du, du bist der einzige Hirsch, der heute mit abgestoßenem Geweih am Straßenrand gammligen Mais verkauft? Denkst du, du warst der einzige Hirsch, der meine Milch trinken durfte? Dummkopf, du kennst die Welt noch immer nicht.«

Sie hockt sich neben ihn auf den Gehsteig und nimmt mit einem Nicken das Stück Pappe mit dem Mais entgegen, das Madschid ihr reicht.

»Wie geht's Mahmud? Ist sein Bein abgeheilt?« fragt er, immer noch lächelnd, und sieht auf die Steinplatten zwischen seinen mageren Knien.

»Wie soll's ihm gehen? Er hat Schmerzen. Er ist träge geworden, trinkt zuviel. Das schafft er immer noch, Fusel auftreiben oder Tarjâk. Nur Arbeit schafft er keine heran. Aber sein Bein heilt langsam ab, Chodâ-râ schokr. Und du? Was ist mit dem Loch in eurem Dach? Hast du es endlich geflickt?«

Madschid sieht sie schräg von der Seite an. »Was du dir alles merkst. Das Loch im Dach. Ja, es ist geflickt. Aber ich war's nicht. Tâhere und Afssâneh haben es in Ordnung gebracht.«

Nâhid schaut belustigt zu ihm hin.

»Sie waren wütend auf mich, weil ich mich so lange nicht darum gekümmert habe. Es regnet noch nicht, und bis der Schnee kommt, dauert es noch Wochen. Wen stört da, bitte schön, ein Loch im Dach? Ich versteh die Weiber nicht. Sie sind einfach zu euch runter in den Dreck gefahren und haben so lange rumgesucht, bis sie Zeug aufgetrieben haben. Möchte nicht wissen, was sie dafür tun mußten. Habe auch nicht danach gefragt, da kannst du aber sicher sein.«

Madschid spuckt halb seitwärts, halb rückwärts zwischen die Füße von Leuten, die hinter ihnen entlanghasten.

»Schande haben sie über mich gebracht. Zwei Frauen, die auf dem wackligen Dach unserer Hütte rumturnen und das Loch da flicken. Alle haben mich ausgelacht. Ich schwöre dir, ich laß nie wieder ein Loch ohne Aufsicht zurück.«

Nâhid stemmt sich mit den Händen auf den Knien ab und drückt sich ächzend hoch. »Du bist dumm, Madschid«, sagt sie lächelnd, »das warst du schon immer. Nur Allâh weiß, warum er dich so geschaffen hat. Möge er dir noch ein langes Leben schenken und deiner Familie große Geduld.«

»Ja«, grinst Madschid sie von unten her an, während er ihr leeres Teeglas in eine Schüssel mit grauem Wasser neben sich tunkt, »ja, möge er mir ein langes

Leben schenken, damit du vor der Arbeit immer einen guten Tee in den Bauch bekommst. Ja, ja. Das wünsch ich dir auch!«

Nâhid lacht und geht hinüber zum Gewühle bei den Taxis, da hört sie ihn hinter sich herrufen: »Sag mal, wo fährst du eigentlich hin? Ich denk, die Deutsche hat dir gekündigt?«

»Hat sie, ja. Das hat sie getan. Ich muß noch mal zu ihr, muß da noch was erledigen.« Nâhid winkt und weiß, daß Madschid ihre Worte wahrscheinlich nicht mehr gehört hat.

Zwanzig Minuten später sitzt sie mit drei anderen Fahrgästen auf der Rückbank eines zerbeulten Peykân, Chodâ-râ schokr am Rande, und reist weiter Richtung Norden. Zweimal muß sie noch umsteigen. Erst in ein zweites Taxi, dann in den Bus, der bis hoch nach Niâvarân fährt, in das Stadtviertel, in dem der Palast steht und die Reichen wohnen. Dorthin, wo die Pracht der Berge so nah ist, daß es einem den Atem verschlägt, wo ihre Macht so spürbar ist, daß Nâhid sich am liebsten jedesmal vor ihnen verneigen, auf den Boden werfen und die Erde küssen will, auf die morgens in der Früh ihr erhabener Schatten fällt.

Wenn Allâh einen Thron hätte, denkt sie ein ums andre Mal, ich bin sicher, es wären diese Berge. Er würde dort oben sitzen im Glanz des ewigen Schnees und niedersehen auf uns Wichte. Er würde sich den schönsten Ort der Welt suchen, und welcher Ort könnte schöner sein als die einsamen Gipfel des Albors, als diese schneebedeckten blaugrauen Hänge, die weich und breit, wie die Brüste einer liegenden Frau, sich in den Himmel erheben, um Gott den Schöpfer mit ihrer Anmut zu lobpreisen? Dies wäre Sein Thron auf Erden, kein anderer Ort, und ich danke dem Herrn, daß Er mich hier leben läßt, wo ich Ihm so nah sein kann.

Der Bus hält quietschend. Nâhid nimmt die Augen von Allâhs Thron, drückt ihren Körper zwischen die der anderen in den schmalen Gang und läßt sich vom Gedränge der Fahrgäste auf die Straße schieben. Sie hat Hunger. Noch schlimmer aber ist der Durst. Den wenigstens kann sie stillen. Sie geht die paar Schritte bis zum hohen Eingang des Bâsâr, wo ein Wasserspender steht, und wartet, bis der Mann vor ihr getrunken hat. Sie wäscht sich zuerst mehrmals die Hände. Danach benetzt sie wieder und wieder das Gesicht und den Hals, während sie dem Bedürfnis widersteht, sich die Kleider vom Leib zu reißen, sich von Kopf bis Fuß zu waschen. Schließlich trinkt sie, trinkt und trinkt so lange, bis die Frau hinter ihr ungeduldig zu schimpfen beginnt. Nâhid sieht sich um. Eine Schlange von drei Leuten hat sich dort gebildet. Sie entschuldigt sich, nimmt noch einen großen Schluck, zieht den Tschâdor tiefer ins Gesicht und tritt den letzten Teil ihres Arbeitsweges, ihres ehemaligen Arbeitsweges, an. Sie läuft am Bäcker vorbei, an der Apotheke und am Schuster. Dann kommen nur noch hohe Mauern, über die sich die Zweige von Pappeln, Akazien und Granatapfelbäumen erheben. Kleine, fest verschlossene, dunkle Holztüren sind in sie eingelassen, an denen Nâhid mit gesenktem Blick vorbeiläuft. Schließlich biegt sie zu ihrer Linken in eine Straße ein, geht den Hang hinauf, ohne die johlenden Jungen zu beachten, die sich über ihren schmutzigen, zerrissenen Tschâdor lustig machen, und biegt dann in die langgestreckte, saubere, von noch höheren Mauern gesäumte Gasse ein, in der Familie Engelhardt ein Haus besitzt. Hier hängt selbst jetzt, Anfang Oktober, noch ein zarter Geruch von Chlorwasser in der Luft. Er schwebt über den Schwimmbecken der großzügig angelegten Gärten hinter den fachgerecht verputzten Fassaden aus fabrikgefertigten Ziegelsteinen. Vogelgezwitscher trällert durch die klare Luft, und Kaskaden der ungebändigten Pracht Hunderter Bougainvillea- und Knöterichblüten perlen zu beiden Seiten über die Brüstungen des Mauerwerks in die beigeweiße Nüchternheit des Sträßchens.

Es ist jetzt halb neun, und wenn der Morgen ein gewöhnlicher war, wird sie Herrn Engelhardt nicht mehr antreffen, der um Viertel nach acht, pünktlich nach der Uhr, von seinem Chauffeur abgeholt wird. Nâhid fährt sich mit den rauhen Innenflächen ihrer Hände übers Gesicht, drückt mit beiden Zeigefingern gleichzeitig die Tränensäcke gegen die kleinen Kuhlen am Nasenbein und seufzt. Dann strafft sie den Rücken und läutet. In all den Jahren hat sie sich nicht an das fremdländische Dingdong gewöhnt, das die Klingel hinter der schweren hölzernen Eingangstür von sich gibt.

»Nâhid.« Frau Engelhardt zieht die Brauen hoch in die Stirn, als sie die Tür öffnet. Sie freut sich, sie lächelt, aber Nâhid weiß, daß sie Angst hat, sieht den Schimmer von Furcht in der Tiefe ihrer Augen.

»Chânom«, sagt sie einfach und wartet.

»Was tust du hier? Ich … Wir haben … Es ist vorbei, das weißt du doch.« Sie wirft einen gehetzten Blick in die Straße und öffnet die Tür dann weiter. »Komm rein, ich will nicht, daß dich hier noch jemand sieht. Komm schon, komm!« sagt sie mit gepreßter Ungeduld in der Stimme.

Nâhid tritt über die Schwelle in den schummrigen Windfang. Hier hält sich noch eine Ahnung von Morgenkühle, die bald verflogen sein wird, obwohl der Eingang nach Norden hin geht. Der Himmel ist strahlend blau, und es wird ein sehr warmer Herbsttag werden.

Gut für Nasstaran, denkt Nâhid und hofft, daß Mariam auf den Gedanken kommt, das Kind vor die Höhle zu tragen, damit es nicht im feuchten Dunkel gegen das Fieber kämpfen muß. Sie zieht die Schuhe aus und stellt sie an die Wand.

»Warte«, sagt Frau Engelhardt, »ich habe deine Schlappen schon weggeworfen. Ich hole dir – ja, was gebe ich dir denn?« Sie wirft ratlose Blicke um sich. »Einen Moment«, sagt sie schließlich und verschwindet, während Nâhid wünscht, sie hätte ihr die Sandalen, die extra für sie angeschafft worden waren, mitgegeben, statt sie wegzuwerfen. Ein paar Minuten später hält ihr Frau Engelhardt ein altes Paar Hausschuhe von Ebrâhim, dem Gärtner, hin. Nâhids Füße versinken fast darin, aber bei den Engelhardts darf niemand barfuß oder in Strümpfen gehen. Das ist ein ehernes Gesetz und hat etwas mit Herrn Engelhardts Vorstellung von Hygiene und Blasenerkrankungen zu tun, die sich Nâhid nie wirklich erschlossen hat.

»Du kannst nicht mehr bei mir putzen«, sagt Frau Engelhardt und winkt Nâhid, ihr in die Küche zu folgen. »Der Neue kommt nicht täglich, nur noch samstags und mittwochs. Matthias findet, daß das reicht, weil Männer gründlicher arbeiten.«

Nâhid steht in der Küche und fühlt sich so befangen, wie Frau Engelhardt aussieht.

»Also, was willst du? Geld? Willst du Geld? Ich kann versuchen... Du weißt doch, daß er meine Ausgaben genau kontrolliert. Aber ich ...«

»Chânom«, sagt Nâhid leise und sieht dabei zu Boden, »es tut mir leid, ich muß mich bei Ihnen entschuldigen, daß ich Unannehmlichkeiten verursache. Ich bin nicht wegen Geld gekommen, auch nicht wegen der Stelle.«

»Nicht?« sagt Frau Engelhardt verblüfft und setzt sich auf einen Küchenstuhl. Nâhid schüttelt den Kopf.

»Mach uns einen Tee, Nâhid, ja? Laß uns einen Tee trinken wie früher. Ich bin müde. Ich vertrage diese Hitze nicht. Gott sei Dank wird es endlich Herbst. Mach uns einen Tee, und dann sag mir, was du willst.« Sie blickt auf die Uhr. »Um zehn kommt die Maniküre, also haben wir einen Moment Zeit, nicht wahr?«

Nâhid entspannt sich. Sie verknotet den Tschâdor vor den Brüsten, schiebt sich das Kopftuch aus der Stirn und wäscht sich die Hände. Dann setzt sie Wasser auf und fragt, ob sie einen Schluck trinken darf.

»Aber der Tee ist doch noch gar nicht fertig, meine Gute«, sagt Frau Engelhardt verwundert.

»Wasser, Chânom, darf ich ein Glas Wasser trinken?«

Frau Engelhardt lächelt. »Komisch«, sagt sie. »Es gibt so Eigenarten von dir, an die habe ich mich in all den Jahren nicht gewöhnt. Deine Besessenheit von Wasser ist so etwas. Trink nur, trink soviel Wasser, wie du möchtest. Wasser ist für alle da. Und gesund ist es obendrein.«

Nâhid nimmt sich ein Glas, eines der größeren, leert es in einem Zug, füllt es wieder und leert es ein zweites Mal. Dann summt der Kessel, und schließlich sitzen die beiden Frauen schweigend am Eichentisch in der geräumigen Küche. Nâhid hält ein Stück Würfelzucker zwischen die Vorderzähne geklemmt und schlürft Tee aus dem gläsernen Unterteller, in den sie einen Schluck zum Abkühlen gegossen hat, während Frau Engelhardt mit einem Silberlöffelchen in ihrer Porzellantasse herumrührt und zusieht, wie die Milch, die sie hineingegeben hat, sich erst in wabernden Schlieren zu verschlungenen Labyrinthen windet, um schließlich die erdfarbene Wahrheit des kräftigen Tees in einen hellbraunen Kompromiß zu verwandeln. Langsam senkt sich die gewohnte Vertrautheit der beiden über den Raum. Vier Jahre lang haben sie an fünf Tagen in der Woche für die Dauer einer Viertelstunde und immer ab elf genau so in der Küche gesessen.

»Werden Sie gehen?« fragt Nâhid in die Stille.

Frau Engelhardt gibt ein leises, spöttisches Geräusch von sich und nimmt den Löffel aus dem Tee.

»Bist du deshalb gekommen? Wegen dieser absurden Idee von dir? Ihr Perser seid ein Volk von Träumern. Werde ich gehen.« Frau Engelhardt schüttelt träge den Kopf. »Wohin soll ich denn gehen? Und vor allem, warum? Weil er mich schlägt? Seit wann ist das ein Grund, seinen Mann zu verlassen, meine Gute? Das ist lächerlich. Hat dich deiner nie geschlagen?«

»Nein, Chânom«, sagt Nâhid, »das hat er nie, Allâh-o akbar. Aber ich weiß, daß ich nur Glück gehabt habe. Mahmud ist ein friedlicher Mensch, solange er nur seinen Tarjâk und ab und an einen Schluck Aragh hat. Und ich ginge wohl auch nicht, wenn er mich schlagen würde.«

»Also, deiner ist auch nicht besser. Was willst du dann von mir? Warum soll ich tun, was du selbst nicht tun würdest?« Frau Engelhardts Stimme klingt rauh, als würde sie schlucken oder würgen, während sie spricht.

»Trinken Sie noch eine Tasse, Chânom«, sagt Nâhid und gießt ihr Tee und Milch nach. Frau Engelhardt rührt in der dampfenden Flüssigkeit, läßt plötzlich den Löffel auf die Tischplatte fallen und schluchzt laut auf. Aus der Kommode neben der Küchentür in der Halle holt Nâhid zwei Taschentücher, die sie letzte Woche erst gebügelt hat, und legt sie neben Frau Engelhardts Ellbogen auf den Tisch.

»Wohin soll ich denn gehen? Zu meinem Vater vielleicht? Der wird mir noch selbst eine Tracht Prügel versetzen. Meinst du, meine Mutter würde zu mir stehen? Die hat mir gleich von Matthias abgeraten. Am Flughafen damals hat sie zu mir gesagt, das werd ich nie vergessen, ›und denk ja nicht‹, hat sie gesagt, ›ich päpple dich wieder auf, wenn der dich unglücklich macht!‹ Das hat sie gesagt. Genau das, und sie hat es genauso gemeint. Ich kenne meine Mutter.«

Nâhid sieht auf ihre Hände, die trocken sind und rissig und in ihrem Schoß liegen. Sie traut sich nicht, Frau Engelhardt über den Arm zu streichen.

»Ich habe nicht mal Abitur, Nâhid, und keine Ausbildung, nichts, gar nichts. Er hat mich von der Schule für Fremdsprachensekretärinnen direkt weggeheiratet. ›Du brauchst keinen Beruf, Schatz, du hast doch mich.‹ Und hier bin ich. Eine Königin irgendwie, weißt du, hier in deinem Land, im Glanz des Pfauenthrons. Ich bin jung, reich, schön. Ich wohne in einem kleinen Palast. Ich habe jemanden, der für mich putzt, und Ebrâhim, der die Rosen beschneidet und das Laub harkt. Du denkst, das wäre überall so, stimmt's? Du denkst, wo immer ich hinkäme, würde ich dasselbe Leben führen. Aber die Wirklichkeit sieht anders aus, weißt du, ganz anders.

Du denkst verkehrte Sachen. Du siehst die Welt viel zu rosig, Nâhid.«

Frau Engelhardt schneuzt sich und verwischt ihr Make-up, weil sie sich mit dem Handrücken über die Augen fährt, aus denen immer mehr Tränen fließen.

»Weißt du, wie es wirklich wäre, wenn ich nach Hause käme ohne meinen Mann? Ich müßte in einer Einzimmerwohnung leben. Von Matthias würde ich keinen Pfennig bekommen. Die Wohnung müßte mir das Sozialamt…«, sie unterbricht sich und sieht irritiert auf. »So was habt ihr hier gar nicht, oder doch?« fährt sie dann fort. »Jedenfalls die müßten meine Miete zahlen. Ich habe keinen Beruf und keine einflußreichen Freunde, ich müßte putzen gehen oder so.« Sie zuckt zusammen, als sie das sagt, und läuft rot an. »Entschuldigung, ich…, das hab ich nicht so gemeint«, sagt sie leise. »In Deutschland ist das anders. Hier ist es irgendwie normaler, ich meine…«, dann bricht sie ab, schüttelt den Kopf und knüllt das Taschentuch in der geballten Faust zusammen.

»Chânom«, Nâhid sieht Frau Engelhardt so lange ins Gesicht, bis sie ihren Blick erwidert, »Chânom, Sie sollen nichts tun, was ich nicht auch täte. Ich rede nicht davon, daß Sie Ihren Mann verlassen sollen, weil er Sie schlägt.«

»Ach nein?« Frau Engelhardt zieht irritiert die Brauen zusammen.

»Nein, ich würde es auch nicht tun. Ich glaube, es ist nicht so einfach. Ich kenne viele Frauen, die nicht gehen. Sie alle haben ihre Gründe.«

Frau Engelhardt hat aufgehört zu weinen. Sie räuspert sich, fährt sich mit dem zweiten Taschentuch vorsichtig unter den Augen entlang und wischt die Mascara weg, die sich dort verteilt hat. »Du findest gar nicht, daß ich ihn verlassen soll«, sagt sie und klingt fast ein bißchen beleidigt.

»Doch, Chânom, das finde ich.« Nâhid sieht der Frau, für die sie um die tausend Tage gearbeitet hat, in die Augen und wartet ab, ob Frau Engelhardts Herz seine Chance ergreift. Aber ihr Gegenüber schweigt, schnieft leise und wartet immer noch verwundert darauf, daß Nâhid das Geheimnis lüftet.

»Chânom«, sagt Nâhid und wählt ihre Worte mit Bedacht, »ich bin gekommen, Ihnen zu sagen, daß ich meinen Mann verlassen und, wenn es sein müßte, sogar töten würde, wenn ich wüßte, daß er mein Kind zu Boden wirft, es tritt, mit Gürteln traktiert und es vor allem nicht nur auf diese und andere Weise schlägt, sondern auch, Allâh möge mir vergeben, sondern auch immer wieder für Gelüste heranzieht, die er mit Erwachsenen befriedigen sollte.« Nâhid schiebt das Teeglas auf dem Unterteller ein paar Zentimeter weiter in Richtung Tischmitte. »Das ist es, was ich Ihnen sagen wollte, Chânom.«

Sie legt die Hände in den Schoß und wartet, horcht in die entsetzte Stille, die die Küche gepackt hat. Sie beginnt zu frieren. Sie weiß, was gleich kommen wird. Es wird leise geschehen, fast lautlos. Sie hat sich darauf vorbereitet. Seit ihr Frau Engelhardt vor vierzehn Tagen gekündigt hat, weil ihr Mann es nicht mehr als angemessen empfand, »eine dieser ungepflegten Perserinnen« in seinem Haus herumschlurfen zu wissen, hat sie sich in Gedanken kaum mehr mit etwas anderem befaßt als mit dem, was jetzt passieren wird. Es wird nicht lange dauern, und es wird sie Kraft kosten, es einfach geschehen zu lassen.

Frau Engelhardt rührt sich nicht. Der Löffel liegt immer noch in seiner karamelfarbenen Lache neben der Tasse auf dem teuren Holz. Immer noch hält sie das Taschentuch fest zusammengeknüllt in der linken Faust, die sie angespannt gegen ihr Knie drückt. Immer noch ist ihr rechter Ellbogen auf den Tisch gestützt. Die Hand, die gerade unterwegs war, eine Strähne hinters Ohr zu streifen, baumelt jetzt sinnlos und schlaff in der Luft. Frau Engelhardts Augen sind weit aufgerissen, ihr Kinn hängt in einer Mischung aus Verblüffung und Abscheu herab. Nâhid wartet weiter. Sie schaut in die blaue Iris dieser großen, schönen Augen, die durchzogen ist von einem grüngrauen Schimmern und umrandet von einem kreisrunden, anthrazitfarbenen Streifen. Etwas in Nâhid ist noch mit Hoffnung beschäftigt.

Schließlich beendet das laute, aggressive Schrillen des Telefons die Situation. Die beiden Frauen warten stillschweigend, bis es sich legt, dann stehen sie nahezu zeitgleich auf. Nâhid fährt mit dem Tschâdor über die Sitzfläche ihres Stuhls und die Streben seiner Rückenlehne, bevor sie ihn unter den Tisch schiebt. Frau Engelhardt sagt leise: »Laß das Glas stehen, ich räume es gleich weg.«

Nâhid nickt, knotet das Kopftuch ordentlich fest, legt sich den Tschâdor richtig um, geht in den Windfang, öffnet die Haustür, nimmt Ebrâhims Schlappen, hält sie nach draußen, schlägt sie mehrmals mit den Sohlen aneinander, stellt sie an die Wand, schlüpft in ihre eigenen Schuhe und tritt auf die Straße. Sie blickt sich um und sagt leise: »Gott schütze Sie, Chânom, und die, die Er Ihnen anvertraut hat.«

Frau Engelhardt steht in der schon halbgeschlossenen Tür. Sie ist bleich, sieht krank aus und magerer als noch vor einer halben Stunde. Sie hebt die Augen, spießt Nâhid mit einem bohrenden Blick fast auf und sagt dann leise und mit großer Bestimmtheit: »Mein Mann ist kein guter Mann, Nâhid, und du weißt, daß ich ihn nicht liebe. Mein Mann ist auch kein guter Vater. Aber solange ich es nicht tue, und ich werde es niemals tun, hat kein Mensch auf dieser Welt das Recht, seinen Namen zu beschmutzen, der auch mein Name ist.«

Nâhid läßt Frau Engelhardts Blick im Schatten der Tür zurück und geht. Sie wünscht sich, sie hätte noch die Gelegenheit gehabt, die Toilette zu benutzen. Sie wird sich behelfen müssen, und zwar bald. Vorn an der Ecke biegt sie nach links ab und geht den Weg zurück zur Bushaltestelle, dabei denkt sie über Zeit nach. Es wird etwa zehn nach neun und, bis sie unten am Meydân ist, halb zehn sein. Das sollte genügen. Dann denkt sie über Geld nach. Sie wird laufen müssen heute abend, denn was übrig ist, reicht nur noch bis zu ihrem nächsten Ziel. Sie seufzt. Vielleicht wird sie auf halbem Weg bei Schirin übernachten, das ist immer noch besser, als spät nachts durch die Stadt zu laufen, auch wenn ihre Schwägerin ihr wie immer das Leben schwermachen wird. Als sie am Hamâm vorbeikommt, zischt der Gedanke durch ihren Kopf, daß sie das übrige Geld auch verwenden könnte, um den Eintritt ins öffentliche Bad zu bezahlen und sich ein Stück Brot zu kaufen. Sie seufzt leise und überlegt stoisch, wo der Bus in Richtung Gholhak abfährt.

Kurz nach zehn steigt sie dort aus und geht den Weg zur Schule. Ihr Herz klopft, schlägt, hämmert gegen ihre Brust, und es will ihr nicht gelingen, sich zu beruhigen. Als sie an das große Tor kommt, hinter dem die leuchtend gelben Schulbusse eng gedrängt auf dem Parkplatz des rundherum von einer hohen Mauer umgebenen, weitläufigen Schulgeländes stehen, tastet sie nach dem Beutel zwischen ihren Brüsten und atmet tief.

»Sei mir gnädig, Herr, und lenke meine Schritte. Sprich aus meinem unwürdigen Mund und laß mich auf Menschen treffen, die nicht argwöhnisch sind.« Sie geht zum Pförtnerhäuschen, wo zwei Busfahrer, zwei Beifahrer und der Pförtner sitzen, Tee trinken und rauchen. Schahriâr sieht zum Fenster, als die anderen ihn mit einem Kopfnicken auf sie aufmerksam machen. Sie lächelt und ist erleichtert. Das ist ein guter Anfang.

»Ssalâm Nâhid Chânom, wie geht's, wie steht's? Was tust du hier? Ein bißchen früh, um den kleinen Engelhardt abzuholen, oder? Die dritte Stunde hat eben erst angefangen.«

»Ssalâm Schahriâr Âgha. Danke, danke. Gut geht's, Chodâ-râ schokr. Alles bestens. Meine Kleine ist krank, aber sie wird schon wieder.«

Schahriâr wirft einen kurzen Blick auf die schmalen, verschlungenen Wege. Kunstvoll gepflastert und von Akazien und Platanen gesäumt, winden sie sich zwischen verstreut angeordneten kleinen Pavillons entlang, in denen jeweils eine Schulklasse untergebracht ist. Niemand ist zu sehen.

»Willst du einen Schluck Tee, ja? Komm rein. Macht mal Platz, Batschehâ«, sagt er zu den anderen und wedelt mit der Hand. Einer der Männer steht auf, öffnet die kleine Glastür und verschwindet in Richtung Toilette hinter dem Häuschen. Nâhid setzt sich zu ihnen, nimmt dankbar einen Tee, fragt nach einem Glas Wasser, bekommt auch das und trinkt.

»Rauchst du?« fragt einer der Busfahrer und hält ihr eine Schachtel hin.

»Danke.« Nâhid raucht und nippt an ihrem Tee. »Er hat was an den Augen. Seine Mutter will mit ihm zum Augenarzt, einem Spezialisten aus Deutschland. Ist nur für eine Woche da.«

»Der kleine Engelhardt hat was an den Augen. So, so«, grinst Schahriâr. »Was hat er denn, 'ne Beule oder so? Ich hab auch eine, nur woanders. Mal ist sie da, mal nicht, ganz nach Lust und Laune.« Die Männer lachen.

»Sie hat keinen Termin am Nachmittag bekommen, jetzt soll ich ihn holen, damit sie noch rechtzeitig hinkommt. Sie hat mir Geld für ein Taxi gegeben.«

»Warum kommt die Alte denn nicht selbst? Die haben doch alles, Chauffeur, Autos und alles.« Die

Männer lachen wieder, sie gießen Tee nach, und der zweite Beifahrer kommt zurück.

»Ich darf doch mal.« Nâhid macht eine Bewegung in Richtung Abort, sieht dabei zu Boden und geht hinaus. Kurz darauf fragt sie, wann die nächste Pause beginnt. Schahriâr wirft einen Blick auf die Wanduhr über der Tür.

»Erst in zwölf Minuten«, sagt er. »Geh besser einfach in die Klasse rein und sag, du sollst ihn heimbringen. Geh in den Unterricht, sonst gibt es noch Ärger, weil du zu spät zum Arzt kommst.«

Nâhid nickt und macht sich auf den Weg zum Pavillon der Klasse 2d. Sie setzt sich auf eine Bank am Weg, dort, wo die Kinder aus dem Klassenzimmer strömen, wenn es zur Pause klingelt. Ihr Magen knurrt, und das einzig Gute daran ist, daß das Geräusch sich über das Klopfen ihres rasenden Herzens legt. Wie jedesmal, wenn sie hier gewartet hat, verwöhnt sie ihre Augen mit den sanften Farben, die der Schatten des Blätterwerks auf Bäume und Wege malt. Die Luft riecht sauber und frisch und ist auch hier geschwängert vom Chlorduft des großen Schulschwimmbeckens. Es liegt weiter oben, direkt hinter dem langgestreckten, flachen Gebäude, in dem sich das Lehrerzimmer und die Verwaltungsräume der renommierten deutschen Auslandsschule befinden. Rotes und gelbes Laub bedeckt die Beete vor den niedrigen Fenstern der Klassen. Die Äste der Bäume über ihr beginnen schon, kahl zu werden, aber die Sonne findet immer noch ausreichend Blätter für ihre Lichtspiele. Nâhid zuckt zusammen, als die Pausenklingel schrillt. Sie steht auf, und nur kurze Zeit später füllen sich die Wege mit Kindern, mit Lachen, Schreien und Toben. Pedi sieht sie sofort, ruft laut ihren Namen und wirft sich ihr an den Hals.

Sie drückt ihn an sich und läßt sofort locker, weil er leise aufschreit. Er schiebt ihre Hand von einer Stelle über seiner Hüfte fort und vergräbt gleich wieder das kleine Gesichtchen lachend an ihrem Hals. Die Klassenlehrerin kommt aus dem Pavillon.

»Ssalâm«, sagt sie und nickt. Außer diesem Wort spricht sie kein Persisch, so daß Nâhid sich nicht mit ihr verständigen kann.

»Ssalâm«, antwortet sie deshalb nur. Dann zeigt sie auf Pedi und in Richtung Busparkplatz.

»Du willst Peter abholen? Aber er hat noch Unterricht. Du kannst ihn nicht einfach so mitnehmen. Das geht nicht.« Die Lehrerin schüttelt den Kopf. Pedi übersetzt für Nâhid. Sie nickt und zieht einen Zettel aus ihrem Beutel. Er ist mehrfach geknickt und schon oft benutzt.

Hiermit beauftrage ich, steht darauf, *meine Angestellte, Frau Nâhid Behrangis, meinen Sohn, Peter Engelhardt, geboren am 5. Dezember 1970, heute früher aus dem Unterricht abzuholen, da ein wichtiger Termin seine Anwesenheit zu Hause erforderlich macht.* Darunter steht Frau Engelhardts Unterschrift und ein Datum vom letzten Jahr, das ausgestrichen und durch ein jüngeres ersetzt worden ist, welches ebenfalls durchgestrichen ist und dem ein wieder jüngeres folgt. Insgesamt finden sich auf dem Zettel sieben unterschiedliche Daten. Das letzte bezeichnet den heutigen Tag. Es ist, findet Nâhid, die still auf das Papier sieht, während die Lehrerin ungeduldig mit dem Blick darüberfährt, in einer krakeligen Schrift geschrieben, als hätte Frau Engelhardt keine gute Schreibunterlage gehabt oder im Stehen geschrieben. Außerdem scheint sie einen Bleistift und nicht wie sonst einen Füller verwendet zu haben. Ergeben und mit einem kaum unterdrückten Klang von Frustration in der Stimme sagt Pedis Lehrerin: »Was sind das eigentlich für rasend wichtige Termine, die ein Sechsjähriger so dringend vormittags zu Hause einhalten muß? Das werde ich nie verstehen.«

Sie gibt Nâhid den Zettel zurück, die ihn, Pedi immer noch im Arm, in den Beutel zurückstopft, und macht eine Bewegung mit der Hand. Nâhid versteht nicht recht, was das heißen soll. Sie schluckt trocken und wartet.

»Hol deine Sachen, Peter. Deine Mama braucht dich zu Hause. Sag ihr, sie soll später bei Rolfs Mama anrufen und nach den Hausaufgaben fragen, ja?« Sie sieht ihrem Schüler dabei zu, wie er sich an Nâhid herabläßt, als sei sie ein stämmiger Baum, und wendet sich dann wortlos ab. Nâhid unterdrückt ein erleichtertes Schluchzen, als sie das strahlende blonde Kind mit der Schramme über der rechten Augenbraue wieder im Eingang des Pavillons auftauchen sieht.

»Chodâ hâfes, und bis morgen, kleiner Engelhardt!« Hinter seinem Schiebefenster sitzt Schahriâr inzwischen alleine und schickt Pedi Gottes Schutz hinterher. Der dreht sich um, winkt vergnügt mit der Linken und hält mit der Rechten Nâhids große, rauhe Hand fest. Nâhid hat es eilig, macht weite Schritte und zieht das Kind hinter sich her. Pedi beschwert sich nicht, läuft schneller, versucht, Schritt zu halten, und ist still. An der Straßenkreuzung bleiben sie stehen, um eine Lücke im Verkehr auszumachen. Da sagt er leise: »Du läufst in die falsche Richtung, Nâhid.«

Sie sieht zu ihm hinunter, als erinnere sie sich eben erst wieder daran, daß sie nicht alleine ist. Der Junge schaut sie mit großen Augen an. Er stellt keine Frage.

»Manchmal, Pedi«, sagt Nâhid fast so leise wie das Kind vorher und schluckt dabei trocken, »manchmal ist die falsche Richtung die richtige. Heute ist so ein

Tag, mein Liebling. Heute ist hier entlang die richtige Richtung.«

Sie laufen weiter. Sie schweigen weiter. Jetzt, da sie die erste Hürde genommen hat, wird Nâhid schlagartig schlecht. Erst schiebt sie es auf die Schwangerschaft, dann auf den nagenden Hunger. Aber als sie endlich vor der christlichen Mission ankommen und Nâhid merkt, daß ihre Beine, die jetzt nicht mehr mit Laufen beschäftigt sind, sondern stillstehen sollen, weich sind wie das Gummi eines dieser europäischen Babyschnuller und zittern wie die Blätter der Pappeln hinter dem kleinen Feld ihres Vaters, erst in diesem Moment gesteht sie sich endlich ein, daß eine blanke, kalte und sehr begründete Angst sie befallen hat.

»Ey Chodâ«, murmelt Nâhid und schluckt, »was hab ich nur getan? Du hast dieses Kind nicht mir anvertraut. Du hast es ihr gegeben. Ich habe es mir genommen. Ich habe es ihr fortgenommen. Allâh-o akbar! Herr, du weißt, warum ich es getan habe. Steh mir bei, gib mir Stärke, und, wenn ich darum bitten darf, nur für heute, gib mir für diesen einen Tag die Klugheit und die Kraft einer Kämpferin.«

Nâhid steht vor der großen dunkelbraunen Holztür und sieht auf den Klingelknopf. Dann sagt sie im Flüsterton: »Laß sie im Haus sein, laß sie da sein, denn ich kann nicht lange warten, bevor seine Mutter anfangen wird, ihn zu vermissen. Gepriesen sei Dein Name! Laß sie gleich selbst an die Tür kommen, und ebne meinen Weg, wie Du ihn in der Schule geebnet hast.« Endlich betätigt sie energisch die Klingel und sackt in sich zusammen, als eine ihr vollkommen unbekannte, ganz in Weiß gekleidete Frau die Tür öffnet. Sie sieht Nâhid fragend an und wirft einen flüchtigen Blick auf das blonde Kind.

»Entschuldigen Sie«, sagt Nâhid, »ich muß mit Schwester Ihremgord sprechen.« Nâhid stolpert über das Wort mit den vielen, dicht aneinandergedrängten Konsonanten. »Bitte, ist sie da? Es ist dringend. Ist sie im Haus?«

»Schwester Irmgard?« Die steife Haube auf dem Kopf der Frau versucht vergeblich, eine üppige Pracht blauschwarzer Locken zu bändigen. Das große messingfarbene Kreuz, das zwischen ihren Brüsten liegt, scheint unter ihren leuchtenden Augen eher verführerisch zu blinzeln, als Keuschheit zu verkünden. »Schwester Irmgard ist nicht hier. Sie ist in Deutschland. Für fünf Wochen oder sechs. Sie ist erst vor ein paar Tagen abgereist.«

»Sie ist was?« In Nâhid explodiert eine kalte, grenzenlose Leere. Sie spürt, wie sich erneut eine Welle von Übelkeit in ihr zusammenballt. »Sie ist abgereist? Sind Sie sicher, daß sie wirklich nicht da ist?«

»Aber ja!« Die andere nickt. »Ich habe sie selbst

zum Flughafen gefahren. Ich bin Schwester Rouschan, kann ich Ihnen vielleicht helfen? Wollen Sie hereinkommen?«

Nâhid schüttelt den Kopf. Nein, denkt sie, nein, du kannst mir nicht helfen, und ist zu sehr damit beschäftigt, ihre Angst im Zaum zu halten, als daß sie noch sprechen könnte. Schließlich gibt sie sich erneut einen Ruck, bedankt sich mit einem wenig überzeugenden Nicken und läuft weg von der Mission, läuft und läuft, den stillen Pedi immer noch an der Hand, die jetzt schwitzt und feucht ist. Sie bewegt sich in keine bestimmte Richtung. Nur erst einmal laufen, nicht stehenbleiben, bloß nicht stehenbleiben.

Ich bringe ihn einfach zurück in die Schule, denkt Nâhid. Der Lärm des Verkehrs beherrscht alles. Busse, PKWs, Fahrräder, Mopeds. Sie hastet große Straßen entlang, Alleen mit Geschäften links und rechts, vorbei am modernen Kino mit seinen drei Vorführsälen und den neuesten Filmen aus den USA und Europa. Sie eilt am großen Park vorbei. Er ist bekannt für seine Schönheit, das kunstvoll angelegte Labyrinth aus Tuffgestein, Büschen und prachtvoll zu Figuren geschnittenen Zierbäumen. Sein Kernstück bildet der Rosengarten, dessen Duft den Gestank der Stadt verdrängt. Seinetwegen, aber auch wegen des Riesenrads, der kleinen Cafés, der Bars und Kioske kommen donnerstags und freitags viele Besucher hierher.

Ich bringe ihn einfach zurück, denkt es in Nâhids Kopf. Ich gebe ihn unten bei Schahriâr ab und verdrücke mich. Ich kann das nicht. Es ist zu groß für mich. Ich bin die Falsche. Ich kenne niemanden, ich habe kein Geld. Kein Mensch wird mir glauben, sie werden mich nicht einmal anhören. Aber schreien, das werden sie, mich anschreien, vielleicht werden mich die Polizisten schlagen. »Schreib deinen Namen auf, Frau!« werden sie brüllen und herausfinden, daß ich es nicht kann. Und wenn sie erst den gefälschten Zettel finden, ist sowieso alles aus. Fahrig greift sie in den Beutel, zerrt das Papier heraus, wirft es zerknüllt auf die Straße und hastet noch schneller weiter. Dann baumelt plötzlich ihre linke Hand nutzlos irgendwo neben ihrem Körper herum.

Er ist gestolpert. Sie hat ihn gezogen, gerissen fast. Dann ist er gefallen. Nâhid hat es nur gemerkt, weil ihre Hand plötzlich leer war, weil sie mit einemmal frei war. In ihr breitet sich ein hallendes Erstaunen aus. Ein Erstaunen über sich selbst. Sie hat das Kind vergessen. Es war vollkommen aus ihrem Bewußtsein verschwunden, und jetzt liegt es weinend am Boden. Es hat sich ein Knie aufgeschrammt. Halb sitzt es, halb liegt es einen Meter hinter ihr im Dreck des Gehsteigs zwischen Hundekot und Männerspucke und wimmert leise.

Nâhid sieht auf Pedi hinunter und rührt sich nicht. Jemand rempelt sie an. Mitten auf dem Gehweg steht sie, ein Hindernis im Strom der Passanten. Sie sieht auf Pedis kleine Hand, die das Knie hält, auf sein Gesicht, das schmutzig ist und gezeichnet von schmalen Längsstreifen. Im Staub auf seiner Haut haben die Tränen Spuren hinterlassen. Sie sieht auf den guten dunkelbraunen Lederranzen, der neben ihm auf grauen Pflastersteinen liegt. Sie sieht seine Sandalen aus ähnlich teurem Material und die fröhlichen, bunten Ringelsöckchen. Schuhe, Strümpfe, Ranzen, alles in einer anderen Welt entworfen, gefertigt und gekauft.

Wer bist du? Was willst du von mir? denkt Nâhid. Was habe ich mit dir zu schaffen, du Kind aus gutem Hause? Du wirst überleben. Es wird noch eine Weile schmerzen, dann bist du groß und wirst ein Bankier, ein Politiker, ein reicher Bonze. Einer, der, wenn er volljährig wird, mit seinem Vater in den Puff geht. So einer wirst du sein, auch wenn du jetzt vor mir sitzt wie ein kleiner, kranker Engel; wie der Engel mit dem dünnsten Haar der Welt, das so wenig Farbe und Form hat, daß man es kaum als Haar bezeichnen kann. Du wirst den Reichtum deiner Eltern erben. Du wirst meine Sprache vergessen, die du an meiner Brust gelernt hast. Du wirst in einem silbern glitzernden Flugzeug weit oben am Himmel in eure Welt fliegen und nicht mehr wissen, wer ich bin, wer die Menschen sind, die hier auf dem Gehweg um dich her durch den Unrat dieser Stadt hasten. Warum hängst du dich mit deiner kleinen, unwichtigen Reicheleuteliebe an mich? Was willst du von mir? Was immer es ist, ich kann es dir nicht geben. Wir haben nichts zu schaffen miteinander. Gar nichts. So ist die Welt. Sie ist geteilt in deine Hälfte und in meine Hälfte, und die haben nichts miteinander zu tun.

Nâhid keucht leise. Ihr ganzer Körper bebt und brodelt, als würde gleich etwas in ihm platzen. Das Kind hat aufgehört zu weinen. Es sieht zu ihr hoch. Aus seinen Augen dringt ein wachsamer, angespannter und vorsichtiger Blick zu ihr, einer, der sich nicht sicher ist, was als nächstes geschehen wird. Dann rappelt Pedi sich auf, stellt sich auf seine kurzen, dünnen Beinchen, greift nach dem Ranzen, hängt ihn sich wieder über die Schultern, verzieht dabei kurz das Gesicht, strafft schließlich den Rücken. Den Kopf hält er ein wenig eingezogen, als ducke er sich vor irgend etwas. So dreht er sich zu ihr um und schluckt, sieht sie an von unten, wartet noch einen Moment, weiß, daß es besser ist, ihre Hand nicht zu nehmen, und sagt dann so leise, daß sie es kaum hören kann: »Entschuldigung«, während er sich, ohne sie dabei aus den Augen zu lassen, aufstellt, als gälte es, in Reih und Glied einen Marsch anzutreten.

Nâhid ballt die rechte Faust und preßt sie gegen ihren Oberschenkel, damit sie nicht zuschlägt. Auf den Fersen dreht sie sich um und raunzt ein eisiges »Komm!«. Sie achtet nicht darauf, ob das Kind ihr folgt oder nicht. Sie achtet nicht darauf, wohin sie geht. Sie achtet nur darauf, nicht in lautes, unmenschliches, rasendes Brüllen auszubrechen. So stampft sie geradeaus, bis ein Menschenauflauf den Gehweg versperrt und ein Weiterkommen unmöglich macht. Eine Viertelstunde ist vergangen, vielleicht sechzehn, siebzehn Minuten. Nâhid sieht sich um. Ein Krankenwagen, zwei Polizeifahrzeuge, auf der Straße Autos, die weiterfahren, und solche, die stehengeblieben sind. Unwirsch schaut sie nach dem Kind, will es heranziehen, mit sich über die Straße zerren, zurückbringen, dorthin, wo es zu Hause ist. Nâhid schaut nach links, nach rechts, überall Menschen, große, kleine, stehende, laufende, gaffende, lachende. Nur Pedi sieht sie nirgends.

Mit den Ellbogen schiebt sie sich zurück durch die Schaulustigen, die sich inzwischen hinter ihr angesammelt haben. Sie stößt und windet sich durch die Menge, die nach Seife riecht und nach Schweiß, nach Staub, nach Eile und nach der Kälte geistloser

Leben, die ihre Leere mit der Lust am Elend anderer füllt. Nâhids Herz schlägt schmerzhaft gegen ihre Brust, ihre Kehle ist wie zugeschnürt, und sie friert erbärmlich. Endlich bricht sie durch den äußeren Kreis der Versammelten. Sie sieht den Gehweg hinauf und hinab, schaut auf die Straße, auf die gegenüberliegende Seite. Pedi aber bleibt verschwunden. Sie läuft, rennt fast zu der Stelle zurück, an der er gefallen ist.

Atme, befiehlt sie sich. Atme und denk nach. Ein Sechsjähriger kommt nicht weit in einer Viertelstunde. Atme und benutz den Abfall eines Gehirns, den Allâh dir in den Kopf gepflanzt hat, weil du es nicht wert warst, ein richtiges zu bekommen. Denk nach, Versagerin, du Klumpen aus Fleisch und Knochen, dem die eigene Seele davongelaufen ist, weil er so widerwärtig und erbarmungslos ist.

Nâhid atmet. Dann fällt ihr die Mission ein, aber den Weg kann er sich unmöglich gemerkt haben. Zu oft sind sie abgebogen, zu weit sind sie danach noch gelaufen. Langsam setzt sie einen Fuß vor den anderen und tastet die Stadt in Gedanken ab, bedrängt ihre Architektur mit den Augen, mit dem Blick, sucht durch Fassaden hindurch, durch Mauern, Türen und Fenster und findet nicht, was ihr fehlt.

»Pedi, wo bist du?« Nâhid geht zurück, immer weiter und weiter. Zurück auf dem Weg, den sie gekommen ist. Sie geht, bis sie in Rosenduft steht und entfernt das Plätschern von Wasser hört, bis sie spürt, daß die Luft weich geworden ist und die Stadt ein Herz hat, eines, das schlägt.

Wie durstig ich bin, denkt sie, weicht ab von ihrem Weg und geht über blauweiß schimmernde, rundgewaschene Kieselsteine, die unter jedem ihrer Schritte flüsternd klickern, wie Feengelächter schelmisch, wie Glöckchen läutend am Hals von Kamelen weit weg in der Tiefe der Wüste, wie ein Rieseln feinsten Goldstaubs auf Seide. Tiefer und tiefer dringt sie ein in den Park, träumt vorbei an Zypressen, an Orangen- und Quittenbäumen, wandert im Schatten von Feigenblättern und badet im Duft von Astern, von Goldrute und Zaunwinde, läßt sich verwöhnen von Oleander- und Geißblattaroma und folgt, mehr als allem andern, dem Ruf der Rosen.

So findet sie ihn. Er hat die Schuhe auf die Kiesel geworfen, Söckchen und Ranzen daneben. Er sitzt mit dem Rücken zu ihr auf dem Rand des großen, flachen Brunnenbassins, getaucht ins rötliche Mittagslicht der Rosen ringsumher. Die Hosenbeine hat er hochgekrempelt und plätschert mit nackten Zehen im Wasser. Die Arme hat er neben sich auf den Stein gestützt und summt leise ein Kinderlied, das sie ihm beigebracht hat. Als Pedi den Kopf hebt, sieht Nâhid wie er nach oben. Ein zwitschernder

Schwarm gelbgepunkteter Drosseln fliegt eine langgezogene, liegende Acht über ihre Köpfe und taucht weiter hinten ins Dickicht der Stauden, in die vielfarbig werdende Pracht der Bäume, in den warmen Herbstschoß der Stadt. Das Kind sieht zurück ins glitzernde Plätschern der Brunnenfontäne, zieht sich mit rascher Bewegung das Hemdchen über den Kopf, taucht die Hände ins Naß und spritzt sich Wasser über den schmalen Körper.

Nâhid schlägt die Hand vor den Mund und hört auf zu atmen. Ihr Gesicht glänzt von Tränen. Sie versucht, den Blick abzuwenden von dem Rücken da vor ihr, der an seiner kräftigsten Stelle vierundzwanzig Zentimeter breit ist, fünf-, sechsundzwanzig höchstens, aber es gelingt ihr nicht. Sie wendet sich ab und geht ein paar Schritte in grüne Schatten zurück. Ihr ist schwindelig und schlecht. Durch bebendes Blätterwerk wirft sie kurze Blicke auf das bißchen Mensch am Brunnenrand, wischt sich immer wieder über die Augen und schluckt.

»Pedi, Asisam«, sagt sie irgendwann leise und geht über den Kies auf das Kind zu, das sich umdreht und sie anstrahlt, als sei nie etwas zwischen ihnen vorgefallen, als sei es vollkommen selbstverständlich, daß sie hier hinter ihm auftaucht.

»Nâhid! Sieh nur, hier gibt es riesige Goldfische.« Seine Stimme ist ein Jubeln, ein Singen und Lachen. »Sie sind größer als meine Füße, sieh doch nur!« Pedi fuchtelt mit den Armen in der Luft herum und zeigt auf rotgoldene Blitze unter der Oberfläche des Wassers, die vom Rieseln der Fontänentropfen schäumt.

»Ja, mein Liebling, mein kleiner Schwan, ja, sie leben hier. In ein, zwei Wochen bringt man sie fort, damit sie nicht erfrieren im Winter. Aber heute schwimmen sie hier noch für dich und mich. Sie sind schön, nicht wahr?« Nâhid steht halb hinter, halb neben Pedi, streicht ihm über den Kopf und fühlt im ganzen Körper schmerzhaft Erleichterung und Dankbarkeit dafür, daß das Kind einen Ort entdeckt hat, an dem es bereit war, sich finden zu lassen von ihr. Sie schlüpft aus den Schuhen, krempelt ihre Hose aus dünnem, zerschlissenem Stoff bis zur halben Wade hoch, knotet den Tschâdor vor den Brüsten zusammen und setzt sich neben Pedi. Sie stellt die Füße ins Wasser, taucht die Hände hinein, wiegt sie darin, läßt es über die Unterarme laufen und wäscht sich Schweiß- und Tränensalz vom Gesicht. Dann schöpft sie Wasser und trinkt.

»Warum sind wir hier allein?« Pedi wundert sich. »Warum kommt niemand sonst hierher?«

»Weil Samstag mittag ist, mein Augapfel. Am Anfang der Woche haben die Menschen keine Zeit für Spaziergänge. Sie gehen arbeiten. Sie machen Einkäufe für die nächsten Tage. Sie sind beschäftigt. Übermorgen kommen sie dann langsam wieder, und ab Dienstag, wenn die Woche über ihre Mitte gefallen ist, kommen sie dann in Scharen. Du solltest mal am Donnerstag hier sein. Da hättest du viele Spielkameraden.« Nâhid trinkt wieder.

»Kommst du oft hierher?« fragt Pedi und zieht sich das T-Shirt wieder über den Kopf, weil die Sonne zu brennen beginnt.

»Nein, Herzblatt. Wie soll ich hierherkommen? Einmal war ich hier in meinem Leben. An einem Donnerstag. An einem schönen, heißen Donnerstag. Da haben wir im Schatten gesessen, weiter oben, wo die Granatapfelbäume stehen. Aber das ist lange her. Es war ein glücklicher Tag, und überall saßen die Menschen und grillten. Wir auch. Es gab Lammspieße und Reis und kräftigen Tee und sogar eine Wasserpfeife. So ein Tag war das.« Nâhid lächelt, zieht Pedis Hemdchen straff und stopft seine Enden vorsichtig in die Hose.

»Du warst wie Papa.« Pedis Blick folgt den Bahnen der Fische. Nâhid zuckt zusammen. Sie sieht auf ihre Hände, auf die Knie und wieder auf die Hände.

»Ja«, sagt sie.

»Ein bißchen«, sagt Pedi, und in Nâhid macht sich ein kleines Glück breit.

»Ja, ein bißchen«, sagt sie wieder.

»Sind wir doch in die falsche Richtung gelaufen?« Pedi hebt den Kopf und sieht Nâhid von schräg unten an. Er hat die Stirn in Falten gelegt und denkt nach. Nâhid erwidert seinen blauen Blick. In Pedis Augen sucht sie nach einer Antwort, findet keine, läßt die Schultern hängen und sieht auf den Vorhang aus Tropfen in der Mitte des Brunnens.

»Ich weiß es nicht, Asisam, ich weiß es nicht«, sagt sie leise und nimmt die Füße aus dem Wasser. »Komm, wir setzen uns auf die Bank in den Schatten. Es ist heiß hier in der Sonne. Das macht uns nur müde. Komm, mein Herz, wir ruhen uns aus.« Sie ziehen sich die Schuhe an, krempeln die Hosenbeine herunter und gehen Hand in Hand zu einer Bank im Schatten von Zypressen.

»Ich hab Hunger, Nâhid.« Sie erschrickt. Natürlich hat er Hunger. Sie hat an nichts gedacht! Sie hat an gar nichts gedacht. Sie hatte einen Plan, der soviel wert war wie ein löchriges Boot auf dem Kaspischen Meer, weit weg vom Ufer, draußen in seiner tiefen, wilden Mitte, die nur die Störe kennen, die Kaviarschmuggler, der Himmel und der Wind. Während Scham und Hilflosigkeit in ihr herumkriechen, öffnet Pedi seinen Ranzen und holt vergnügt ein Schulbrot hervor. Nâhid hustet, faßt sich an die Stirn, fängt an zu lachen.

»Allâh-o akbar, dieser Tag ist doch noch nicht ganz

verloren!« sagt sie laut und schlägt vor Erleichterung die Hände auf die Brust. Pedi faltet das Pergamentpapier auseinander. Zwei dicke Scheiben dunklen, spelzenfreien Brots kommen zum Vorschein, üppig mit Butter bestrichen und doppelt mit Salami belegt, die über die Ränder der Stulle hängt und das Grün eines Salatblattes fast ganz verbirgt. Mit seinen kleinen Fingern beginnt das Kind, das Schulbrot zu teilen.

»Was tust du da? Du zerkrümelst das Brot!« Nâhid spricht laut und aufgeregt.

»Willst du nichts abhaben?« Pedi sieht sie erstaunt an. Nâhid schaut ebenso erstaunt zurück. »Du willst dein Brot mit mir teilen?«

»Ist es dir eklig? Ich hab noch eins. Du kannst auch das andre haben. Da ist Käse drauf, oder magst du lieber Salami?« sagt Pedi und sieht in den Ranzen, der neben ihm liegt. Nâhid schließt die Augen und läßt den Rücken gegen die Lehne der Bank sinken.

»Nein«, sagt sie leise, »nein, es ist mir überhaupt nicht eklig, Asisam. Gib her, ich teile uns das Brot. Gib es mir, meine Finger sind größer und kräftiger.«

Sie essen langsam und schweigend, sehen dabei auf das bläuliche Weiß der Kiesel, auf tausend unterschiedliche Tupfer von Grün in den Stauden, Büschen und Bäumen, horchen auf Vogelgezwitscher, auf Wasserperlenmusik und die weit entfernte Brandung des Verkehrs. Pedi knüllt das Butterbrotpapier in den Ranzen und kuschelt sich an Nâhid. Er legt seinen Kopf auf ihren Schoß. Nach kurzer Zeit hört sie seine gleichmäßigen Atemzüge. Er schläft. Nâhid legt den Arm um seinen schmalen Körper und beginnt zu beten. Aber noch bevor sie sich entschließen kann, worum sie bitten, wofür sie danken möchte, fallen auch ihr die Augen zu, und als sie wieder erwacht, weiß sie, daß drei Stunden vergangen sind und es fünf Uhr nachmittags ist. Pedi hockt vorn am Brunnen und spielt mit den Fischen. Abwechselnd wirft er Kieselsteine ins Wasser und versucht, die Tiere zu fangen. Nâhid läuft zu ihm, bleibt auf halbem Weg stehen und sieht sich ratlos um. Die Schule hat inzwischen geschlossen. Frau Engelhardt weiß, daß ihr Sohn nicht heimgekommen ist heute nachmittag. Sie wird herumtelefoniert haben, zur Schule gefahren sein, mit ihrem Mann gesprochen, den Nachbarn, der Polizei, wer weiß wem alles Bescheid gegeben haben.

»Heute schlafe ich in deinem Haus«, sagt Pedi, als er sich zu ihr umsieht.

»Was?« Nâhid sieht ihn erschrocken an.

»Ich werde deine Kinder kennenlernen und deinen Mann.«

Nâhid lächelt. »Nein, mein Schatz. Nein, mein

Haus ist kein Ort für einen kleinen Engel wie dich. Nein. Ich bringe dich zu deiner Mutter, und du wirst in deinem sauberen Bettchen schlafen wie immer.« Aber dann schaut sie ihn an und beginnt zu überlegen. Sie denkt an Mariam.

»Doch, Nâhid«, sagt Pedi und lacht, »heute schlafe ich in deinem Haus.«

»Aber Asis, bei mir gibt es nichts zu essen. Noch nicht einmal Wasser und auch kein Bett. Ich habe gar kein Haus, weißt du.« Sie sieht das Kind an und spürt, daß ihr die Verwirrung ins Gesicht geschrieben ist. Pedi überlegt, dann sagt er leise: »Wir haben noch das Käsebrot, und ich habe gar keinen Hunger. Bitte, kann ich heute in deinem Haus schlafen?«

Es könnte gehen, denkt Nâhid langsam. Mariam läßt sich bestimmt etwas einfallen. Sie ist klug und hat Kontakte. Aber dann läßt sie wieder die Schultern hängen.

»Pedi, komm, wir gehen. Ich bringe dich zurück. Es ist viel zu weit. Wir können niemals bis dorthin laufen heute nacht, weißt du. Es ist sehr, sehr weit bis zu meinem Haus, viel weiter, als du dir vorstellen kannst.«

»Weiter als bis zur Schule?« fragt Pedi leise.

»Viel, viel weiter.«

»Können wir nicht ein Taxi nehmen oder einen

Bus?« In Pedis Stimme hat sich ein verzweifeltes Flehen geschlichen, das Nâhid die Kehle zuschnürt.

»Mein Herzblatt, mein Augapfel, mein Prinz, ich habe kein Geld für den Bus. Laß uns gehen.«

Pedi rennt zur Bank, auf der sein Ranzen liegt, und schreit fast: »Aber ich habe Geld! Wir können mit dem Bus fahren. Bestimmt! Komm, Nâhid, komm, sieh mal, reicht das?«

»Du hast Geld?« Nâhid geht langsam zur Bank zurück.

»Ja, Mama gibt mir immer Geld mit, falls ich Lust auf Süßigkeiten habe. Sieh mal.« Er kramt in seiner Federmappe herum und fördert drei Tomân zutage.

»Du hast drei Tomân?« Nâhid setzt sich auf die Bank und sieht auf die Münzen in Pedis Händen. »Du hast drei Tomân einfach so in deinem Ranzen?«

»Reicht das für den Bus?« Der Junge sieht sie erwartungsvoll an.

»Das reicht für noch mehr als nur den Bus, Pedi«, sagt Nâhid.

Am Südkreuz blinken die Leuchtreklamen in der Dämmerung wie billiger Glasschmuck in der Sonne. In rasenden Kreisen fliegen die Autos um den großen Meydân, und die Luft ist schwanger vom Geruch gerösteter Maiskolben, gekochter roter Bete, vom

Gestank der Abgase und von dunstigen Petroleumschwaden. Im weißgelben Licht der Glühlampen, die von dicken Stromkabeln baumeln, werden Zeitungen verkauft, Lotteriescheine feilgeboten, Schuhe geputzt und Handschläge auf gelungene Geschäfte gegeben. Polizisten patrouillieren in blauen Uniformen, halten Schwätzchen mit Taxifahrern und Budenbesitzern, sehen dabei über die oberen Ränder ihrer Sonnenbrillen, die auf den äußersten Spitzen ihrer Nasen sitzen. Nâhid hat sich Pedis teuren Lederranzen unter dem Tschâdor über die Schulter gehängt. Den Schleier trägt sie jetzt ordentlich verschlossen. Sie hält Pedi fest an der Hand. Der Junge ist still, geht so schnell wie möglich und dicht an ihrer Seite.

»Es ist noch ein ganzes Stück von hier«, sagt Nâhid warnend, und Pedi nickt. Dann laufen sie und laufen.

Als sie endlich am Ziel ihrer Reise ankommen, ist es tief dunkel. Nâhid schlägt die Plane hoch und schiebt Pedi vor sich her in die Höhle. Drinnen leuchtet ein Licht. Jemand hat eine Kerze und ein Streichholz aufgetrieben. Mahmud sitzt, Tarjâk kauend, an die feuchte Wand gelehnt, links auf den Flikkenteppichen. In seinem Schoß schläft Nasstaran. Neben ihm steht ein zerbeulter Becher aus Blech mit etwas Wasser. Mirsâ schläft, und Ssetâreh liegt leise quengelnd neben ihm. Der Hunger hält sie wach. Schahrâm sitzt seinem Vater gegenüber und füllt den Raum mit der feinen Holzperlenmusik seiner Gebetskette.

Die beiden Männer sehen erst Nâhid an, dann bleibt ihr Blick an Pedi hängen. Sie schweigen. Nâhid setzt Pedi neben Mahmud und wickelt ihn in eine der dünnen Decken. Dann öffnet sie den Ranzen und holt erst ein Fladenbrot, dann ein Stück Schafskäse hervor. Ssetâreh kommt sofort angerobbt. Sie hält die kleine Hand auf. Nâhid reißt ein Stück Brot ab, bricht einen Brocken Käse hinein. »Langsam«, sagt sie und gibt es ihr. Dann verteilt sie den Rest unter den anderen. Zum Schluß weckt sie Mirsâ und Nasstaran und gibt ihnen ihren Teil. Das kranke Kind bekommt das restliche Wasser.

»Zeit zu schlafen«, sagt Nâhid. Sie deckt die Kleinen zu, schickt ihren Mann zu Schahrâm hinüber und legt sich mit Pedi und Nasstaran auf den Flikkenteppich. Mahmud bläst die Kerze aus.

»Wo ist Mariam?« fragt sie in die Dunkelheit.

»Woher soll ich das wissen?« murmelt Mahmud schon im Halbschlaf. Nâhid hört Schahrâm noch leise kichern, dann fallen ihr die Augen zu, und sie denkt: Fünf Uhr. Morgen reicht fünf Uhr.

Drei, höchstens vier Minuten nach fünf schlägt Nâhid die Augen auf und weiß, daß irgend etwas nicht in Ordnung ist. Mahmud schnarcht leise, Schahrâm schnarcht aufdringlich, vier kleine Kinder schlafen still. Dann bricht draußen ein Tumult los. Aufgeregte Stimmen, ein paar laute, vereinzelte Schreie und das Knattern von Motorrädern. Nâhid ist gleichzeitig mit Schahrâm an der Plane. Sie treten hinaus in die Dunkelheit, die erleuchtet ist von Scheinwerfern. Oben auf dem Rand des Grabens stehen Polizeifahrzeuge und Bewaffnete. Im Hintergrund macht Nâhid Soldaten aus.

»Bring die Kinder ins Freie«, fährt sie Schahrâm an und sieht besorgt auf den halben Meter Erde zwischen der Höhlendecke und den Reifen von schweren, gepanzerten Wagen. Schahrâm verschwindet hinter der Plane.

Pedi muß hier weg. Sie dürfen ihn nicht sehen, fährt es Nâhid durch den Kopf. Sie greift nach dem blonden Jungen, der schlaftrunken und erschrocken wie die anderen aus der Höhle torkelt, und schiebt ihn unter ihren Tschâdor.

»Sei still!« raunt sie ihm zu und hört genau in dem Moment Mahmuds leise Stimme an ihrem Ohr: »Wer ist dieses Kind, Nâhid?« Ihr Mann sieht aufmerksam nach oben. Auf beiden Seiten des Grabens stehen Bewaffnete mit Maschinengewehren und leuchten den schmalen Gang mit Scheinwerfern aus. Dann bricht irgendwo der Angriff los, Befehle, Schüsse, kleine Gruppen rennender Uniformierter mit Gasmasken vor den Gesichtern, kugelsicheren Westen und runden Helmen auf den Köpfen, fliehende Menschen, noch mehr Schreie und das tiefe, einschüchternde Dröhnen von Panzerketten. Schahrâm ist verschwunden. Die Kinder stehen aneinandergedrängt zwischen ihren Eltern, Pedi lugt aus einem Spalt von Nâhids Tschâdor hervor. Hossein und Purân stehen bei ihnen, der ganze Graben ist voller Menschen. Es dauert ein paar Minuten, bis die Erwachsenen aufatmen. Wen auch immer sie suchen, sie suchen ihn weiter westlich, entfernen sich Richtung Brunnen.

Niemand kehrt in die Höhlen zurück. Sie warten ab, ob die Decken noch tragen. Menschen versammeln sich in der Mitte des Grabens. Irgend jemand hat Holz, andere haben Wasser. Man teilt sich den Tee, überlegt, wen sie suchen könnten, sorgt sich um ältere Kinder, die in der Nacht nicht da waren.

»Bleib erst mal hier mit ihm«, sagt Mahmud beiläufig zu Nâhid, und sie nickt. »Oben ist es zu unsicher. Wer auch immer er ist, es war sehr dumm, ihn herzubringen.«

Nâhid nickt. Das war es, ja, das war es. Sehr dumm und sehr leichtsinnig.

»Aber das Brot und der Käse waren köstlich!«

Mahmud lacht sein lautes, herzhaftes Lachen, und Nâhid schmiegt sich in den Arm, den er um sie legt.

Gegen Mittag ist es still geworden. Sie haben zwei Frauen mitgenommen und einen Mann. Welche vom anderen Ende, die hier niemand kennt. Einer der Nachbarn erklärt sich bereit hinzulaufen, um herauszufinden, was geschehen ist. Man gibt ihm ein paar Nahrungsmittel und eine Decke für die Familien mit. Pedi, Ssetâreh und Mirsâ spielen Himmel und Hölle. Nasstaran schläft, sie hat ein wenig Farbe bekommen und glüht nicht mehr so wie gestern nacht. Mariam und Schahrâm sind immer noch verschwunden.

Besser ist es, denkt Nâhid und hofft, daß sie der Polizei nicht in die Finger geraten sind. Sie steht auf, um mit Pedi loszugehen, da hört sie ihren Namen. »Nâhid!« Es ist Huschang, der nach ihr ruft: »Nâhid, hier ist jemand, der nach dir fragt.«

Huschang steht oben auf dem Grabenrand und zeigt hinter sich, wo Nâhid aber niemanden sieht. Er dreht sich um und zeigt jetzt in Richtung Stufen. Nâhid folgt seinem ausgestreckten Arm mit dem Blick und erstarrt. Sie schaut hinter sich, wo Pedi mit ihren Kindern spielt, und sagt, während sie sich wieder nach vorn wendet: »Pedi, mein Schatz, komm her.«

Das Kind reagiert nicht. Ohne sich umzudrehen, sagt sie noch einmal lauter: »Pedi, mein Prinz, komm hierher, komm jetzt.«

Sie spürt, wie ihr Schützling aufsieht und dann den Blick in die Richtung wirft, in die sie selbst schaut.

»Mama!« ruft er laut und sprintet an Nâhid vorbei auf seine Mutter zu, die in Begleitung eines Unbekannten unsicher näher kommt und die Arme ausbreitet. Pedi fliegt an ihre Brust, sie drückt ihn an sich, sieht ihn erstaunt an, als er aufschreit.

»Mama, ich hab bei Nâhid geschlafen, und die Polizei war hier, und wir haben Schafskäse gegessen!« Das unentwegt plappernde Kind im Arm, bleibt Frau Engelhardt schließlich vor Nâhid stehen. Die beiden Frauen sehen sich lange an und schweigen. Sie schweigen so lange, bis Pedi nichts mehr zu erzählen weiß, sich aus dem Arm seiner Mutter befreit und wieder zu Nâhids Kindern läuft. Die Nachbarn haben sich in einem lockeren Kreis um Nâhid und die Ausländerin versammelt.

»Du hättest das nicht tun dürfen, Nâhid.« Frau Engelhardt spricht sehr leise.

»Ich weiß, Chânom. Möge Allâh mir verzeihen.«

In der Stille entsteht eine Bewegung, und hinter Frau Engelhardts hellem, schlankem Rücken taucht der staubige Tschâdor von Mariam auf.

»Wer ist das, Mutter?« fragt sie laut und pflanzt sich neben die blonde Frau. Nâhid antwortet nicht, und die beiden Frauen sehen sich weiter in die Augen, ohne sie zu beachten. Am Zischen, mit dem Mariam plötzlich Luft holt, merkt Nâhid, daß ihre Tochter verstanden hat, wer da vor ihr steht.

»Du bist die Ratte! Die Hure, die meine Mutter gefeuert hat! Das bist du doch, oder? Rede mit mir!« Sie zieht an Frau Engelhardts beigefarbenem Jackett und schüttelt sie dabei. »Was willst du hier?«

»Laß das!« Nâhids Stimme klingt scharf. Mariam läßt den Ärmel fahren, und der Mann, mit dem Pedis Mutter unterwegs ist, entspannt sich wieder.

»Wie haben Sie mich gefunden, Chânom?«

»Es hat eine Weile gedauert. Ich bin frühmorgens aufgebrochen, gleich nachdem Matthias aus dem Haus war. Der Taxifahrer hier hat mir geholfen. Er hat sich am Südkreuz durchgefragt für mich.« Frau Engelhardt zeigt auf ihren Begleiter.

»Haben Sie Ihrem Mann nichts gesagt?«

Frau Engelhardt sieht zu Boden und schüttelt den Kopf.

»Wo lebst du hier?« sagt sie schließlich und schaut sich um.

»Chânom, das hier ist kein Ort für eine Frau wie Sie«, antwortet Nâhid verwundert, statt auf ihre Höhle zu zeigen.

»Das hier ist kein Ort für irgend jemanden«, antwortet Frau Engelhardt. Mariam schnaubt laut, sagt aber nichts. Ein paar der Umstehenden lachen.

»Werden Sie die Polizei herschicken, Chânom?« fragt Nâhid. Frau Engelhardt schüttelt den Kopf.

»Danke«, sagt Nâhid.

»Peter«, Frau Engelhardt sieht zu den Kindern hinüber. »Peter, komm, wir gehen.«

»Noch ein Mal!« ruft der und springt, unterstützt vom Klatschen der anderen Kinder, in hohen Sätzen über die Himmel-und-Hölle-Felder. Dann dreht er sich um und läuft zu den Erwachsenen. Er klettert an Nâhid hoch, die weint, und küßt sie auf den Hals. Dann läßt er sich an ihr herab, als sei sie ein stämmiger Baum, und nimmt die ausgestreckte Hand seiner Mutter, während Mirsâ seinen Ranzen aus der Höhle holt.

»Auf Wiedersehen, Nâhid.« Frau Engelhardt sieht unentschlossen und verwirrt aus.

»Chodâ hâfes, Chânom«, sagt Nâhid. »Gott schütze Sie und jene, die Er Ihnen anvertraut hat.«

Den Taxifahrer links, ihren Sohn rechts von sich, geht Frau Engelhardt zu den Stufen zurück. Dort dreht sie sich um, weil sie weiß, daß Nâhid ihr gefolgt ist. Nâhid schaut ihr eine Weile in die Augen.

»Werden Sie gehen, Chânom?« fragt sie schließlich in die Stille.

Frau Engelhardt erwidert ihren Blick, lange und ernst und offen. Sie läßt sich Zeit mit einer Antwort.

»Ich weiß nicht, Nâhid«, sagt sie schließlich leise und bestimmt. »Ich weiß es wirklich nicht.«

Orte

Uralten keltischen Feenpfaden gleich und aufgeladen mit flirrender Spannung, fließen Straßen durch die Stadt, das Land und die Welt. Träte ich jetzt aus der Tür, setzte meinen Fuß auf jene von ihnen, deren Strom an meinem Haus vorübereilt, und ließe mich treiben wie ein Floß, ich tauchte vielleicht unversehens an jenem Ort wieder auf, der mich vor vielen Jahren umstandslos, schweigend und gründlich ausschied, als hätte er mich verdaut. Den vertrockneten, kümmerlichen Rest von mir übergab er in jenen Tagen den Straßen der Luft – gänzlich ungerührt von der Frage, wohin sie mich trügen. Das war lang bevor er mir gestattet hätte, auf seinen Gassen zu wandeln, seinen Himmel zu erkunden oder seine Menschen zu berühren.

Einiges habe ich dort dennoch gesammelt: am Straßenrand, während der wenigen Schritte, die der alte Ort mich in sich wandern ließ. Einen Maulbeerbaum beispielsweise und hochsommers schneebedeckte Gipfel ganz nah, weit weg vor dem Fenster einer Küche. Das Hitzeflimmern über dampfendem Boden und die wattebauschwolkengleich üppige Blüte von Kirschen. Auch einen Zikadengesang und den Duft von Jasmin. Den Klangraum von Worten, die am hiesigen Ende der Straße kein Mensch mehr versteht. Das eilige, leichtfertig-lustige Springen von einer Sprache in die nächste, in die nächste, in die nächste und wieder zurück. Als wären Worte Rosen, von Pollen schwer, und Redner nichts weiter als Bienen.

Gelehrig geworden, erkämpfte ich mir den neuen Ort Straße für Straße. Das Sammeln ging diesmal leichter, denn ich war schon geübt. Schwerer waren die Gegenstände: Kopf Stein Pflaster beispielsweise und hochsommers regenschwere Wolken ganz nah, ganz nah vorm Fenster jeder Küche. Das Hitzeflimmern überm Kachelofen und die glockenrein läutende Sonntagsmusik. Ein Amselgesang (der war ganz leicht) und ein Duft von Holzlasur auf Jägerzaun. Nur Worte ließen sich lange nicht finden. Sie wuchsen hier nicht auf Stengeln, auch nicht an Bäumen, Sträuchern und Stauden. Ich summte und summte in alter Manier, doch die Antwort war immer ein Schweigen.

Da baute ich mir ein Boot federleicht. Machte Schuhe aus Glockengeläut und aus Gipfelschnee. Im

Beutel trug ich Kirschenblüte und Amselgesang, und der Maulbeerbaum war mein Wanderstock. Ich trudelte auf Gassen, stemmte mich gegen Strömungen, tauchte auf, wo es den Pfaden gefiel, verlor nicht selten eine Trasse und kehrte doch, erschöpft zwar, immer wieder zurück auf den Weg.

Dann erhob sich ein Wispern vom Boden, und Nebel umhüllte mich schwer. Still, ganz still stand ich und lauschte: Ein duftender Rosengesang, ein Pollentanz, ein summendes Bienengeräusch und ein Gletscherbachrauschen, ein Sprachengewirr, ein Poltern von Steinen, ein Zwitschern aus quittengelb keckernden Schnäbeln. Da deckte ich Straßenstaub auf mein Haupt und ruhte mich gründlich aus.

Aus Kopfsteinpflaster und Zikadengesang baute ich anderntags mir ein Haus, und der Maulbeerbaum war mein Spaten. Auch einen Garten pflanzte ich an voll Jasmin und Hitze und Wolken. Dort grub ich kleine Kanäle. Sie leiten Feenpfade in mein Haus, die sprudeln im Hof als Fontäne und gluckern und kieksen und perlen und sprühen und singen tagein, tagaus.

Das Haus

Das Haus schrumpft. Das tut es schon immer. Ein Mann, eine Frau, ein Mädchen und ein Junge stehen auf dem Brachland und betrachten es. Der Mann hat das Haus gekauft.

Am Anfang ist es riesig. Vier Räume im ersten Stock, fünf im Erdgeschoß: ein Wohnzimmer, eine große Küche, eine Bibliothek, die manchmal auch »Herrenzimmer« heißt, eine Halle, ein Flur, ein Bad, drei Zimmer zum Schlafen und ein Gitter aus Schmiedeeisen vor allen Fenstern. Eine Steinmauer, hoch, ockerfarben und rauh, die liegt um den Garten mit Rosen. In seiner Mitte ein flaches Becken mit Wasser und die zwei schönsten Kirschbäume der ganzen Welt.

Im Haus sind ein Mann, eine Frau, ein Mädchen, ein Junge, ein Junge, ein Junge, ein Hund und ein Hund. Später eine Schildkröte und vier Finken in einem winzigen, goldglänzenden Käfig. Zwanzig Tauben in einem Verschlag auf dem Flachdach.

Manchmal eine Frau, die heißt Ssoltân, das bedeutet Kaiser, aber der Mann und die Frau nennen sie Kolfat, das heißt Dienerin. Eine Zeitlang ist noch ein anderer Mann da. Einer aus den Südvierteln, wo es keinen Strom gibt und kein Wasser und Menschen auf der Straße leben. Bevor er zum Militär geht, wischt er im Haus die Böden. Danach knallt er schwarzpolierte Hacken beim Besuch. Manchmal gibt es eine Tante im Haus, der baumelt ein Transistorradio vom Handgelenk. Sie trägt einen weißgepunkteten, pinkfarbenen Minirock. Modern ist er und schön. Ein einziges Mal gibt es zwei Großmütter. Ein andermal eine Cousine aus Deutschland, die hat lange, blonde, wellige Haare und spitze, weiche Brüste. Sie liest *Pippi Langstrumpf* vor und *Die Herren von Greifenklau.*

Später sitzt das Mädchen auf dem Fensterbrett im Flur. Es ist genau halb so breit wie ihr Gesäß. Sie sitzt dort und klammert sich an den Griff. Im Sommer stehen die Fenster offen, da hält sie sich am Gitter fest. Das ist ein guter Gitterzweck. Ihre Beine hat sie angezogen und vor sich auf dem Sims überkreuzt. Das Mädchen hört zu. Die Frau bügelt Männertaschentücher mit grünen Streifen am Rand. Sie erzählt von einer Heimat in Europa. Die Menschen dort heiraten in Kirchen mit läutenden Glocken, und die Bräute werden von Kutschen mit mächtigen Pferden gefahren. Sie tragen weite, wallende, weiße Gewänder und schneefarbene Gaze auf dem Kopf mit knospendem Schleierkraut darin. Sie sind schön. Sie sind glücklich. Sie haben lächelnde Mütter und sind nie allein. Sie machen Brust raus und Bauch rein und stehen morgens um fünf zur Frühgymnastik auf. Sie waschen sich mit Wasser aus Kannen, die im Zimmer stehen. Darauf hat sich über Nacht eine feine Eisschicht gebildet, weil die Luft so kalt ist. Aber den Frauen macht das gar nichts aus. Sie sind echte Sportskanonen und abgehärtet. In der Heimat gibt es Mischwald auf Hügeln mit Rehen und Hasen und Rübezahl, und im Winter sieht man allüberall auf den Tannenspitzen goldene Lichtlein blitzen.

Hier aber hat der Kaiser das Sagen. Er hat einen Park bauen lassen. Er grenzt südlich an den Palast und ist sehr groß. Der Park ist für das Volk. Es gibt ein Labyrinth aus mannshohen Mauern, ein kleines Amphitheater, Bänke, Bäume, Blumen, Wege, am unteren Ende einen Eisstand. Die Luft ist blauschwarz und lau. Das Mädchen sitzt auf einem Kissen, das die Frau mitgebracht hat. Im Kesselgrund des Amphitheaters schwimmt eine Bühne. Sie ist dunkler als der weiche Sommernachthimmel. Dort stehen unsichtbare Puppenspieler. Sie kommen aus einem anderen Land. Kindergroße Puppen schweben verzaubert in goldenem Bühnenlicht. Da vorne geschehen unglaubliche Dinge, verworren und warm, nicht grell wie das Licht unterm Lampenschirm im Haus.

Der ist blau, glitzerblau. Er schimmert transparent. Aus gebrochenem Glas ist er und sehr teuer. Der Lampenschirm hängt über dem großen Nußbaumtisch. Es ist verboten, im Eßzimmer Fußball zu spielen. Jetzt aber funkeln blaue Wellen in der Luft. Im Schatten sind es 43 Grad, und die Beatles singen leise im Tintenfischgarten. Hinter Blubbern und Gurgeln liegen winzige Scherben in unzählbarer Menge auf dem Tisch und daneben und darunter und auf den Stühlen. Im Haus gibt es keine Geräusche mehr. Im blauen Ozean schwappen rote Wellen. Ein Wangenknochen ist zerborsten. Ein zugeschwollenes Auge, und Lippen sind geplatzt. Es gibt keinen Jungenschrei, weil es keine Luft zum Atmen gibt. Die Frau sitzt viele Stunden lang mit einer Tube Patex vor dem blauen Glitzerberg. Der wird immer kleiner.

Das Haus ist eng und starr. Dann hängt der Ozean aus doppelt gebrochenem Glas wieder geronnen über dem Tisch. Spät kommt der Mann. Er merkt nichts von dem Betrug. Der Junge lebt weiter.

Auf der Bühne im Kaiserpark ist ein großes weißes Tuch aufgespannt. Darüber zwinkern Sterne am Himmel. Grillen zirpen durch den Abend. Auf der

Leinwand schneit es, und eine junge Frau aus Europa wird sehr schlecht behandelt. Aber eines Tages bringt ihr der Kutscher drei Haselnüsse, die sind verzaubert. Am Ende heiratet sie einen Prinzen. Nach der Hochzeit schnalzen kratzige Geräusche in der Dunkelheit. Runde Zahlen in Kreisen flimmern rückwärts durch die Luft. Fünf, Vier, Drei, Zwei, Eins. Dann läuft ein Mädchen barfuß über eine schwarzweiße Wiese, und vieles ereignet sich. Am Ende hastet sie aus einer Hütte. Sie stellt ihre Schuhe auf den breiten Zaunpfahl und läuft in einen Wald aus grauen Sonnenblumen, für immer fort in die Welt.

Jetzt ist das Amphitheater dunkel. Das Mädchen schlüpft aus ihren Sandalen und trägt sie an den Riemen in der Hand. Die Frau und die Bekannte der Frau lachen sie aus. Das Mädchen schämt sich. Trotzdem zieht sie die Schuhe nicht wieder an. Auch nicht draußen auf der Straße und auch nicht im Auto.

Das tut sie erst wieder im Haus.

Die einzig gültige Perspektive

Er ist tot.

»Friedlich verstorben«, haben sie am Telefon gesagt, und ich mußte grinsen: Der Frieden ist immer auf seiner Seite gewesen. In seinem Frieden lebte er stets völlig allein. Die *Pax violentiae*, die er überall verbreitete, galt immer nur ihm selbst.

Die Menschen fürchteten sich vor ihm und bewunderten mich, weil ich es nicht tat. Ich hatte aber, das wußten die meisten nicht, bessere Karten als sie. Er war sentimental und liebte mich, weil ich ihn immer wieder verließ. Das Verlassenwerden gefiel ihm. Niemand sonst verließ ihn. Die Menschen in seiner Umgebung entfernten sich in der Regel nur dann von ihm, wenn er sie davonjagte oder wenn sie starben.

Vor diesem Augenblick lebten wir alle in der Sklaverei, in seiner Sklaverei. Er umgab sich, beruflich wie privat, mit niemandem, den er nicht in der Hand hatte. Das war sein oberstes Prinzip. Und so lebten wir, seine Menschen, vor unserem Tod in Leibeigenschaft. Die meisten taten das, verständlicherweise, lächelnd und knicksend. Männer wie Frauen.

Daß ich es nicht tat, lag aber keineswegs am Stolz oder an meiner Selbstachtung. Über so etwas verfüge ich nicht. Ich knickste und lächelte nur deshalb nicht, weil er es zuließ. Oder, um noch ein wenig näher an die Wahrheit heranzureichen, weil er es vor allem früher schon zugelassen hatte, von Anfang an. Weil er mich, um wirklich genau zu sein, darauf getrimmt hatte und weil ich demzufolge gar nichts anderes kannte. Daß ich ihm gegenüber also kein devotes Verhalten an den Tag legte, ihn vielmehr immer wieder verließ, lag ausschließlich daran, daß er es so wollte.

Die Idee, ich sei das einzige Wesen außerhalb seiner Gewalt, war irrig, falsch, eigentlich sogar dumm, denn im Grunde war es augenscheinlich, daß selbstverständlich auch ich sein Eigentum war. Nur sah in meinem Fall die Leibeigenschaft ein wenig anders aus als bei den offen Geschundenen, und ich muß gestehen, alles in allem war es eine durchaus angenehme, eine akzeptable Form der Sklaverei. Immerhin: Ich lebe. Das können die meisten seiner Menschen nicht von sich sagen.

In den letzten Jahren habe ich mich oft mit der Frage beschäftigt, warum er das Verlassenwerden mit einer derart ausgeprägten Heftigkeit liebte. Er liebte es so sehr, daß er mit der Zeit auf eine zarte, aber unumstößliche Weise davon abhängig wurde. Das gab mir eine gewisse Macht. Sie war es, die mich von den anderen unterschied. Sie war es, die mir eine schimmernde Krone aufsetzte, eine Krone von seinen Gnaden. Er wartete darauf. Gierig, süchtig, ungeduldig wartete er immer wieder darauf, daß ich ihn verließ. Und ich? Ich übte mich im Verlassen, was sonst? Ich gab mir die größte Mühe, die Kunst des Verlassens perfekt zu beherrschen. Es hing schließlich einiges davon ab.

War ich dann einmal fort, tobte er, schlug um sich, zerstörte das Mobiliar, quälte Familie und Angestellte perfider als sonst. Sie alle begannen deswegen irgendwann, mich mit einer gewissen Leidenschaft zu hassen. Das ist durchaus nachvollziehbar. Die meisten Dinge sind nachvollziehbar, vorausgesetzt man findet die richtige, die dazugehörige, also die einzig gültige Perspektive. Deshalb habe ich nie ernsthaft dagegen aufbegehrt, nie um das Verständnis der Bediensteten, der Gäste, der Familie geworben. Möglicherweise tat ich es ein paarmal als Kind. Ich kann mich aber nicht daran erinnern. Derart infantile Versuche, das Offensichtliche nicht anzuerkennen, können nicht lange angehalten haben.

Bis auf ein einziges Mal, an das ich mich nicht gern

entsinne, kehrte ich immer zurück. Es war das eine Mal, das wohl in jeder Beziehung vorkommt, und seine Folgen haben mir klargemacht, daß es kein zweites Mal geben würde. Immer, wenn ich wiederkam, blieb er in seinem Arbeitszimmer, schmollte und wartete darauf, daß ich ihn aufsuchte. Natürlich tat ich das nicht. Nie. Man muß sich schon an die Spielregeln halten, das ist das mindeste. Ich verbrachte also einige Stunden in meinem Zimmer, in dem, was er mein Zimmer nannte: ein großer, lichtdurchfluteter Raum im ersten Stock seiner in einem verschwenderisch gestalteten Park gelegenen Villa. Auf dem Boden fleckenlose, beigeweiße und wegen der von Zeit zu Zeit auftretenden, irreversiblen Verschmutzungen mehrmals im Jahr erneuerte Auslegeware aus Kaschmirwolle, an den Wänden irgendeine aus Seide gewebte Mustertapete, die er ausgesucht hatte, und in der Mitte ein großes Bett. Mehr duldete er nicht. Meine Tagebücher und Spielkarten bewahrte das Zimmermädchen meiner Mutter für mich auf. Heimlich natürlich und gegen eine hohe Bestechungssumme, denn sie riskierte damit sehr viel.

Ich wartete also. Irgendwann stürmte er schließlich ins Zimmer, riß mir die Kleider vom Leib, bis ich nackt oder in Fetzen vor ihm stand (und wehe, ich wehrte mich nicht ein wenig, und wehe, ich trug nicht teure Kleidung, die ich liebte), und schlug mich. Schlug mich windelweich. Grün und blau. Bis zur Besinnungslosigkeit. Krankenhausreif. Wie man das halt so sagt mit diesen fleisch- und knochenlosen, nervenfreien Worten, die vermeintlich beschreiben, wie es ist, wenn ein Mensch einen anderen Menschen mißhandelt. Dann ging er und schloß mich ein.

Das Ganze darf man sich nicht zu dramatisch vorstellen, denn es war eine eingespielte und demnach berechenbare Angelegenheit. Grob gesprochen wußte ich immer, was als nächstes geschehen würde, und konnte mich darauf einstellen. Insofern war es faktisch unmöglich, ernsthaft verängstigt zu sein. Es war eine Frage der Entscheidung. Jedesmal aufs neue. Durch mein rechtzeitiges Gehen und Wiederkehren bestimmte ich zunächst einmal, daß ich mit großer Wahrscheinlichkeit weiterleben würde, woraus zu schließen ist, daß ich am Leben hing und dieses Leben demnach nicht allzu schlecht gewesen sein kann. Darüber hinaus legte ich strenggenommen sogar fest, wann seine Handlungen einsetzten. Geringfügige, die Regeln gleichsam bestätigende Ausnahmen und Unwägbarkeiten natürlich inbegriffen.

Es gab einige wenige Situationen, in denen ich wirkliche Angst hatte. Sehr selten dachte ich, daß es diesmal (denn einmal mußte es ja ohnehin geschehen, niemand hätte erwartet, daß die Dinge so ausgehen, wie sie jetzt ausgegangen zu sein scheinen) vielleicht soweit wäre, daß ich diesmal vielleicht sterben würde. Solche Augenblicke waren rar, und sie verflogen schnell. Der menschliche Organismus (übrigens auch, das habe ich festgestellt, die menschliche Psyche) verträgt erheblich mehr, als man dieser doch einigermaßen zerbrechlichen, wenig robusten und eigentlich schlecht geschützten Konstruktion auf den ersten Blick zutrauen würde.

In der Regel war ich frühestens zweieinhalb bis drei Wochen, manchmal drei Monate später wieder so hergestellt, daß ich mich öffentlich zeigen konnte. Er ließ das von Herbert, seinem Diener, überprüfen. Ging es mir wieder gut genug, war der Stubenarrest vorbei. In der Zeit, die bis dahin verstrich, hatte ich Zugang zu meinem Bad und meiner kleinen Teeküche, die sich beide an die Rückfront meines Zimmers anschlossen. Mit den Jahren habe ich dort eine als Sammlung von Kräutertees getarnte, überragende Naturapotheke angelegt. Dennoch sind mir einige Unannehmlichkeiten geblieben. Seit einem mehrfachen Rippenbruch, den ich einfach nicht in den Griff bekam, habe ich häufig stechende Schmerzen in der Gegend der linken Lunge, und meine Nase ist, nun ja, sie sieht inzwischen eigenartig aus. Besser kann ich es nicht beschreiben. Das einzige, was mich wirklich plagt, sind die inzwischen chronischen Kopfschmerzen. Ich vermute, sie rühren von den vielen Schlägen auf das, was er in solchen Momenten (denn er fluchte gern, deftig und gekonnt) in durchaus eloquenter Art den verwaisten Sitz meines nicht vorhandenen Intellekts zu nennen pflegte. Durch die Schmerzen jedenfalls erscheint mir mein Kopf seit vielen Jahren nicht mehr als leer – so hat das Schmerzhafte bei genauerem Hinsehen nicht selten auch eine ganz besondere, eine scherzhafte Seite.

Der Arrest war immer dann beendet, wenn Herbert in Begleitung des gerade aktuellen Stubenmädchens frühmorgens in mein Zimmer kam. Die genaue Tageszeit kannte ich nie, da im Zimmer keine Uhr zugelassen und es den Bediensteten strengstens untersagt war, während solcher Wochen mit mir zu sprechen. Jedesmal überreichte mir Herbert einen üppigen Strauß duftender roter Rosen aus dem Gewächshaus unten im Park und ein Kuvert mit viel, mit sehr viel Bargeld. Auf einem Teetischchen servierte seine Begleiterin eine große Kanne fetten, mit Sahne zubereiteten Kakaos und zwei oder drei Vanilleplätzchen. Der Kakao hatte eine besondere Bedeutung. Wie wohl alle Kinder, liebte ich als kleiner Junge dieses süße, aromatische Getränk. Ich bekam es regelmäßig serviert, jedoch ausschließlich zum selben Anlaß wie heute noch. Der Kakao war sozusagen ein wesentlicher Teil des Verlassen-Trainings. Ich entsorge ihn schon seit Jahren in der

Toilette. Das ist eines meiner wenigen, gut gehüteten Geheimnisse.

Gewöhnlich folgten hierauf mehrere Monate, in denen ich, finanziell, ideell und emotional in allem von ihm unterstützt und liebevoll bedacht, ungestört tun konnte, was auch immer ich wollte. Als ich älter wurde, spielten wir abends nicht selten Schach, saßen, wenn er keine anderen Verpflichtungen hatte, im Pfeifenzimmer und diskutierten philosophische oder politische Fragen. Oft erzählte er mir vertraulich und amüsiert pikante Geschichten aus dem Arbeitsalltag in der Chefetage der Bank, der er vorstand und die er, wie alles andere auch, als sein Eigentum betrachtete.

So hat er mich seine Dankbarkeit immer spüren lassen. Dieses spezielle Glück, das ich ihm bereitete, indem ich ihn regelmäßig verließ, um wiederzukehren, brachte eine Spannung in sein Leben, die durch nichts anderes zu ersetzen war. Ich weiß, daß er eine Zeitlang versuchte, denselben Effekt durch teils erkauften, teils erzwungenen sadomasochistischen Sex zu erzielen. Aber das funktionierte nicht. Ich glaube, es war ihm zu gewöhnlich, zu alltäglich. Was er brauchte, war etwas Subtiles, etwas Feines, etwas, das auf eine verborgene Weise tatsächlich mit Liebe zu tun hatte, nicht nur mit Macht. Das war es, was ich ihm gab. Das war es auch, was meine Sonderstellung ausmachte, meine besseren Karten, meine persönliche Pole-position: Ich liebte ihn, also konnte ich ihn verlassen. Jedenfalls spielten wir beide es so.

Drei Dinge muß ich unbedingt hervorheben. Sie sind alles andere als selbstverständlich, und ich bin immer wieder dankbar dafür, daß er sie so und nicht anders organisiert hat: Er ließ mich nie hungern, er hat nie Sex von mir erwartet, und er hat mich nie vergewaltigt.

Natürlich war dennoch alles, was zwischen uns passierte, von Erotik durchtränkt. Immerhin ist er mein Vater, ein Sadist und ein Despot, aber diese latente, alles durchdringende und von purer Macht gespeiste Form des Sex wurde zwischen uns nie vollzogen oder manifest. Das kann eigentlich kaum jemand in seiner Umgebung, und das können auch sonst nur wenige Menschen von sich sagen. Ich kann es. Und das verdanke ich meinem Vater.

Ich habe immer eingesehen, daß die Dinge, so wie sie waren, einer tiefen Logik entsprachen und einer absoluten Folgerichtigkeit geschuldet waren. Ich kann mich daher nicht besonders furchtlos finden, obwohl viele mich so beschreiben. Ich habe lediglich eine Wahl getroffen, die unter den gegebenen Umständen, unter den Umständen meines, also seines Lebens, einfach logisch war. Das hat mit Furchtlosigkeit nichts zu tun.

Die Auskunft, die ich in der Frühe im Hotel erhielt, hat mich übrigens keineswegs überrascht. Ich wußte schon am Abend vorher, daß es mit ihm zu Ende ging. Am Dienstag hatte ich ihn verlassen. Gleich nachdem ich seine Unruhe bemerkt hatte, die eigenartigen Blicke, mit denen er mich verfolgte, und diesen leicht aggressiven Unterton, wenn er das Wort an mich richtete. Ich kenne die Regeln, die Anzeichen und den Code. Also ging ich noch am selben Abend. Mein Gepäck ist immer leicht und überschaubar, weil ich nie länger als eine Woche fortbleibe. Das ist die Grenze. Acht Tage sind im Spiel nicht vorgesehen. Es sollten nicht weniger als vier sein, das habe ich schnell herausgefunden, aber auch nicht mehr als sieben. Diese Regel, diese Sieben-Tage-Regel, habe ich übrigens selbst aufgestellt. Das heißt, ich habe einfach beschlossen, den achten Tag nie auszuprobieren, denn als ich mit siebzehn das eine Mal versucht hatte, nicht zurückzukommen, haben seine Leute mich am neunten Tag aufgetrieben, morgens um halb fünf. Dabei sind drei Menschen umgekommen. Natürlich nicht sofort, sondern kurz danach. Alles Unfälle. Ich selbst war anschließend etwa sieben Monate lang nicht in der Lage, den Stubenarrest zu beenden. Selbst dann gelang es mir nur mit Mühe und Not. Ich habe mir also gesagt: Acht ist zu nah dran an neun. Am siebten Tag hat schon der Herr geruht, also will auch ich es sicherheitshalber, denn immerhin ist das Spiel ein gefährliches, am siebten Tage gut sein lassen. Und damit bin ich über all die Jahre wunderbar gefahren.

Wie immer habe ich den kleinen, handgefertigten Rollkoffer aus hellbraunem Wildleder, den er mir übrigens ein Jahr nach diesem Vorfall geschenkt hat, gepackt und bin am frühen Abend losgezogen. Gewöhnlich setze ich mich, wenn ich bis zum Marktplatz vorgegangen bin, in ein Taxi, fahre zum Flughafen und wähle das nächste europaweite Ziel, das auf dem Plan steht. Geld spielt keine Rolle. Mein Vater läßt sich seine Leidenschaften durchaus etwas kosten.

Den größten Teil der Tage verbringe ich im Hotel. Ich sehe viel fern. Wenn ich die Sprache gut genug beherrsche, lasse ich mir aus der nächsten Buchhandlung etwas zum Lesen bringen. Manchmal kaufe ich Sex. Zweimal am Tag gehe ich essen und besuche täglich die Hotelsauna. Was ich tue, ist unwichtig. Es geht nur darum, die Zeit totzuschlagen.

Als ich am frühen Dienstagabend im Hotel ankam, holte ich aus dem Koffer, was gewöhnlich das Zimmermädchen meiner Mutter für mich aufbewahrt: ein etwa sechs Quadratmeter großes, rechteckiges Tuch aus Wildseide, einen Stapel abgegriffener Karten und eine Hunderterpackung Teelichte.

Bei jeder dieser Reisen tue ich das. Es ist eine Art Ritual, und ich bin fest davon überzeugt, daß es lebensgefährlich für mich wäre, es auszulassen. Ich lege das rotgold-irisierende Tuch auf den abgetretenen Hotelteppich, zünde Räucherstäbchen und so viele Kerzen wie möglich an und lege Karten aus, Tarotkarten. Vor Jahren habe ich ein eigenes Deutungssystem für diese Nächte entwickelt. Von seltenen Ausnahmen abgesehen, stelle ich grundsätzlich nur eine Frage: »Was sollte ich wissen oder tun, wenn ich zurückkomme?« Meistens antworten die Karten mit Durchhalteparolen. Die Acht der Kelche zum Beispiel sagt mir: »Wenn du heimkommst, wird er auf Dienstreise sein, genieße also vorerst das Leben.« Die Neun der Scheiben dagegen ermahnt etwa in der folgenden Art: »Du mußt mutig und stark sein, denn dir stehen heftige Schmerzen bevor, am Ende aber wird sich alles zum Guten wenden.« So hat jede Karte ihren besonderen Sinn für mich.

Dienstag abend saß ich wie immer im Hotelzimmer auf meiner Wildseidendecke, um mich herum sicherlich vierzig brennende Teelichte, die eine fast weihnachtliche Stimmung erzeugten, schwieg eine Weile, konzentrierte mich dann auf meine übliche Frage, mischte dabei die Karten und zog schließlich zu meinem Entsetzen die Zehn der Schwerter. Ich sackte förmlich zusammen, denn die Bedeutung dieser Karte, die ich nie vorher gezogen hatte, ist furchtbar: Etwas, unter Umständen ein Leben, wird vor der Zeit auf abrupte und womöglich grausame Weise beendet werden. Klar, was ich dachte.

Aber dann, ich weiß nicht genau, warum, beschloß ich, eine weitere, eine Erklärungskarte für diese erste zu ziehen. Diesmal erschien der Herrscher, und schlagartig wurde mir bewußt, daß er es war, nicht ich, der sterben würde.

Um mich zu beruhigen, habe ich den ganzen Abend Räucherstäbchen angezündet, eines nach dem anderen, und um mich abzulenken, bis tief in die Nacht ferngesehen. Lesen konnte ich nicht. Um sechs Uhr morgens rief ich dann an.

»Friedlich verstorben«, haben sie gesagt, und ich mußte grinsen, weil der Frieden immer auf seiner Seite gewesen ist. Er hat ihm gehört, wie alles andere auch. Dann aber fiel mein Blick auf die Zehn der Schwerter, und ich ließ Herbert holen. Als er nicht sagen wollte, was wirklich passiert war, wußte ich, daß das mit dem Frieden nicht wirklich stimmen konnte.

Tatsächlich, das habe ich inzwischen von der Polizei erfahren, ist er volltrunken gegen einen Baum gefahren und war sofort tot. Das fand ich eigenartig, denn gewöhnlich fährt er nicht selbst. Wozu hat er schließlich zwei Chauffeure? Der Fahrer sei auch tot, erklärte mir daraufhin der Polizist. Er sei überfallen und grausam verstümmelt worden. Vermutlich während er auf meinen Vater wartete. Der wiederum sei, als er seinen Angestellten, auf diese Weise zugerichtet, in der Nähe des Wagens im Gebüsch gefunden habe, im Schock fortgefahren.

Herbert flüsterte mir, als ich vorhin hier ankam, ins Ohr, daß mein Vater seiner Meinung nach so ein schnelles und schmerzloses Ende nicht verdient hätte. Das paßt zu ihm. Herbert geht das Leben pragmatisch an, beurteilt es aber moralisch. Anders kenne ich ihn nicht.

All das tut aber ohnehin nichts zur Sache. Mich beschäftigt eigentlich nur noch eine einzige Frage, denn offenbar lebe ich noch. Das ist natürlich ein Segen, aber, ich muß gestehen, ich bin mir nicht sicher, was ich damit, nun da er fort ist, anfangen soll. Mit diesem seinem Leben, in dem ich ihn nicht mehr verlassen und also am Leben bleiben kann.

Wüstenhimmel Sternenland

Als Leas Geschichte Konstantin findet, sitzt er auf einer Bank und fröstelt. Er betrachtet den Rauhreif an den scharfen Kanten der Grasbüschel zwischen seinen Füßen und hört, wie Lea sich neben ihn setzt. Daß sie es ist, erkennt er an der Musik, die ihre harten, flachen Ledersohlen auf den Kieselsteinen des Spazierwegs machen. Zwischen den langgestreckten silbernen Streifen kondensierter Luft, die sie aus ihren Mündern in die Morgensonne vor ihren Gesichtern stoßen, erstreckt sich die Breite der Parkbank, und für lange Zeit ist ein Grünfink der einzige, der sich getraut, seine Stimme zu erheben. Er sitzt auf der obersten Verästelung einer hochgewachsenen Erle weiter vorn auf der Wiese und denkt sich Gesänge aus.

»Warst du schon mal in der Wüste?« fragt Lea in seine Klänge hinein.

Konstantin antwortet nicht, denn er hat ihr schon erzählt, daß er noch nie im Ausland war.

»Ich schon«, sagt sie nach einer Weile. »Als ich klein war, vielleicht neun.« Sie runzelt die Stirn und murmelt: »Neun ist doch klein, oder?«

Konstantin fährt sich mit dem Handrücken über die Nasenspitze. Er blickt nach rechts, dorthin, wo hinter Rhododendren und Birken das alte, umfunktionierte Schloß in Weiß und vom Dach her in Türkis durch frühlingsgrüne Blätter schimmert. Er räuspert sich und sagt: »Ja.« Dann nickt er, als würde das nicht reichen, und schiebt hinterher: »Ja, neun ist ganz schön klein.«

Nach ihrer Frage scheint Lea das Sprechen vorerst aufgegeben zu haben. Konstantin sieht über sich in den Himmel, der weit ist und von einer durchscheinenden Transparenz. Wie die Haut eines Kindes nach langer Krankheit, denkt er mit eigentümlicher Langsamkeit. Dann läßt er seinen Blick wie zufällig nach links zu Leas Ende der Bank fallen und findet sie ganz in sich versunken. Ihr rechter Arm liegt waagerecht vor dem Bauch, auf der Hand hat sie den linken Ellbogen von unten abgestützt. Mit den Fingern streicht sie über ihre Lippen. Ihre Stirn ist vollkommen entspannt, und ihre Augen scheinen hinter den Büschen, die die Wiese vor ihnen begrenzen, nach etwas zu suchen.

»Es war eine Reise quer durchs Landesinnere«, fährt sie schließlich fort, und Konstantin wiegt sich in ihrer Stimme. Er schließt die Augen, um sie besser zu sehen, um Lea beobachten zu können, die neun ist und durch die Wüste fährt.

»Der Wagen geriet ins Schlingern, und ich wurde gegen die Wand gedrückt. Deshalb wachte ich auf.« Lea ist in eine Art Singsang verfallen.

Konstantin sieht das Mädchen deutlich vor sich. Sie liegt zwischen Decken und Kissen auf dem Rücksitz eines VW-Käfer. Die Lehne ist umgeklappt, so daß ein Schlaflager entstanden ist. Links neben Lea schwebt die Wärme ihrer Geschwister über den Polstern. Durch das leise Quietschen der Reifen auf dem groben Teer der Straße hallt der flache, kalte Klang einer Ohrfeige.

»Ich habe immer«, sagt Lea leise und monoton, »auf das Aussetzen des Atems gehorcht. Ist dir das mal aufgefallen? Es hält genauso lange an, wie ein Erwachsener braucht, um Tränen zu schlucken, statt sie zu weinen.«

Lea, die steif auf den Decken liegt, fröstelt. Sie wartet auf das Geräusch des nächsten Schlages. Es folgt nur Sekunden später. Erneut rudert der Wagen in Schlangenlinien.

»Wenn der Atem wieder einsetzt, weißt du, daß niemand tot ist. Das ist wichtig.«

Konstantin denkt, daß dieses Wagenschlingern eigentlich eine schöne Bewegung ist, ein rund geschliffenes Mäandern nicht geglückter Geradlinigkeit. Er denkt sich fort an den Rand einer hohen Klippe am Meer, denkt sich weit ausgestreckte Arme, denkt sich den Wind, der ihm unter die Achseln fährt, ihn hochträgt, hoch und höher, ihn schließlich stürzen läßt in die schäumende Tiefe weit unten. Dann hört er, wie sich das unterdrückte Fluchen der Stimme hinterm Fahrersitz in Wellen von immer lauter und ordinärer werdenden Beschimpfungen verwandelt. Lea sieht er wieder, die sich aufsetzt, so leise sie kann. Sie greift nach dem großen Daunenkissen und legt es wie zufällig auf die beiden kleinen Menschen neben sich. Sie scheint ausschließlich mit Atmen beschäftigt zu sein und stiert mit aufgerissenen Augen die hohe Rückwand des Beifahrersitzes an. Von dort kommt kein Wort, kein Geräusch dringt hervor, nicht der geringste Laut. Mit jedem Schlag wird die Stille tiefer, weiter, höher, während sich Leas Stimme gleichbleibend tonlos durch die Bilder hinter Konstantins Augenlidern flicht.

»Der Wagen machte jedesmal einen Satz nach vorne. Einen Augenblick lang dachte ich, wir säßen in einem gigantischen, schlecht aufgezogenen mechanischen Spielzeug.« An Leas Stimme hört Konstantin, daß sie ein zaghaftes Lächeln im Gesicht hat. »Das ist ein anatomischer Automatismus. Wenn du etwas tust, das dich aus deiner Körperachse lenkt, machst du unbewußt Ausgleichsbewegungen. Er machte sie mit dem Fuß und traf immer das Gaspedal.«

Konstantin sieht den Fuß und die Hand vor sich im Dunkeln wie zwei nicht zusammenhängende Gegenstände, die, an unsichtbaren Fäden aufgehängt, in der Luft vor dem Rückspiegel und im Schatten unter dem Lenkrad baumeln. Dann hört er das Wimmern eines Kindes, das vom Ruckeln des Fahrzeugs aufgewacht ist. Die Hand ist größer jetzt und kräftig, und sie fliegt beim ersten Kinderton zwischen den Vordersitzen hindurch, landet flach in Leas Gesicht, ballt sich zur Faust und geht mehrmals auf das Daunenkissen nieder. Konstantin zieht scharf die Luft ein. Instinktiv weicht er der Bewegung der Hand aus. Kinderschreie füllen die Enge des Wageninnern. Ruckartig bleibt das Auto stehen, die Fahrertür wird aufgestoßen, der Sitz nach vorn gekippt, das Kissen auf den Asphalt gerissen, die beiden Kleinen, eins am Arm, das andere am Bein, werden aus dem Wagen gezerrt und zur Seite getreten. Ein großes, von blonden Haaren umrahmtes Gesicht taucht über den Händen auf. In seiner Mitte ein aufgesperrter, fluchender Mund, rechts und links lange, starke Arme, die sich nach Lea ausstrecken, und wieder diese Hände, die sie an den Haaren zu sich heranziehen und auf die Straße werfen.

»Dann ist er wieder eingestiegen und weggefahren«, sagt Lea und spuckt auf den Kies links von sich. »Ich weiß noch, wie ich bewegungslos, das Kinn auf der Straße, so lange hinter den kleinen roten Rückleuchten hergesehen habe, bis ich mir eingestehen mußte, daß sie wirklich ganz und gar fort waren.«

Konstantin sieht rote Tupfer im Samtschwarz des Horizonts verschwinden. Seine Lider werden schwer. Er scheint zu schweben. Immer wieder sieht er rote Punkte verschwinden, immer und immer wieder, und denkt, daß er gleich fort sein wird, daß er schlafen, träumen wird. Um sich herum hört er Geräte arbeiten, spürt unangenehm eine Maske auf dem Gesicht, angenehm eine warme Hand von hinten auf seiner Stirn. Riecht nach Mann, denkt er. Aber die roten Lichter sind schon so oft im Nichts verschwunden, daß er sich nicht mehr erinnern kann, ob es nicht doch eine Frau war, die da hinter seinem liegenden Körper saß. Also läßt er den Gedanken fahren und schaut nach Lea auf der Wüstenstraße. Sie ist inzwischen aufgebrochen. Ein Kleines an der linken, eines an der rechten Hand, läuft sie in die Dunkelheit hinein. Sie laufen eine halbe Stunde, dann noch eine halbe Stunde, sie laufen schließlich fast zwei Stunden in die Richtung, in die der Wagen ihrer Eltern verschwunden ist.

Zwei weißgelbe Monde gehen auf am Horizont. Sie schwimmen in der Nacht, schimmern wie Perlen auf anthrazitfarbenem Samt. Sie werden größer, nähern sich beständig, bis schließlich das Brummen eines Motors zu hören ist und die Umrisse einer Karosserie sich um die Lichter legen. Lea zögert. Sie überlegt, ob es besser ist, stehenzubleiben oder weiterzugehen. Ihre Schritte werden immer langsamer, ihr Mund bleibt fest geschlossen, eisern halten ihre Hände die der Geschwister, obwohl die beiden loslaufen wollen. So stehen die drei in der Mitte der Straße. Der Wagen hält knapp vor ihnen. Lea wartet, bis der Vater ausgestiegen ist und sie heranwinkt. Dann erst läßt sie die Kleinen los und geht hinter ihnen her auf den großen, hellen Mann zu. Beim Einsteigen wirft sie einen Blick auf die Mutter. Die hält die Augen geschlossen. Ihr Gesicht ist geschwollen, ihr Kleid zerrissen. Lea preßt das Ohr zwischen Kopfstütze und Karosserie und entspannt sich. Die Atemzüge der Frau auf dem Beifahrersitz sind flach, aber stetig.

»Zählen Sie bis acht.« Die Stimme hinter Konstantins Kopf gehört zu dem Männergeruch. Sie ist tief, freundlich, beruhigend. Konstantin atmet. Er hat Angst. »Drei, vier, fünf«, murmelt er langsam. Die Geradlinigkeit der Zahlenreihe strömt Ruhe aus. Schräg neben seinem Kopf bewegt sich im Rhythmus seiner Atemzüge eine Art Leporello in einem Glaszylinder auf und ab. Alles ist tannengrün und grellweiß. Der Tisch unter ihm ist kühl. Konstantin will der Hand auf seiner Stirn etwas sagen, aber er ist zu müde. »Noch eine Minute, dann können wir«, singen beruhigende Finger leise und streichen über seine Stirn.

»*Alle Mann an Bord?* hat er gerufen und gelacht, nachdem er den Wagen gewendet hatte, das weiß ich noch genau«, sagt Lea und zündet sich eine verbotene Zigarette an. »Zum Glück hat er nicht auf eine Antwort gewartet, sondern am Radio rumgemacht und einen Sender gesucht. Es war gegen Mitternacht, und wir hatten noch einen weiten Weg vor uns.«

Konstantin öffnet die Augen, als nach kurzem Schweigen am anderen Ende der Bank eine Melodie erklingt. Diesmal schaut er ohne Umweg zu Lea hinüber. Sie sitzt völlig ruhig da und singt. Leise, aber klar und mit einer erstaunlich tiefen Stimme. Sie singt von einem Sternenregen, von glitzernden, leuchtenden, schimmernden Sternen, die fallen, die vom Himmel herabfallen zu Hunderten auf einen Ort, den Konstantin nicht kennt, einen Ort namens Alabama.

»Für das Lied hat er sich entschieden«, sagt Lea, als die letzte Strophe verklungen ist, und Konstantin schließt wieder die Augen. Hinten im Auto, das sie durch die Nacht trägt, während Ella Fitzgerald singt und ihre Eltern sich leise unterhalten, als wäre nie etwas anderes als Liebe und Einverständnis zwischen ihnen gewesen, liegt Lea. Sie ist erschöpft von der Angst, müde vom Laufen im Ungewissen und ausgelaugt vom Weinen. Ihre Augen brennen salzig und trocken, und sie kann nicht schlafen, weil sie dem Frieden, der den Wagen plötzlich erfüllt, nicht traut.

»Es war ein lauter Frieden«, sagt sie in die Stille des Parks, »ein Frieden wie ein dröhnender Schlag gegen eine Holztür, hinter der sich jemand verbarrikadiert hat.«

Konstantin sieht Lea zwischen weißen Kissen liegen. Sie wendet den Kopf zum Seitenfenster und schaut in den Himmel über der Wüste. Auf ihre Züge hat sich ein Wundern gelegt. Sie staunt über die Sterne, denn sie sind dunkelblau. Der Himmel um sie herum aber leuchtet in einem blendenden Silber. Dann verwandelt sich der Ausdruck auf ihrem Gesicht langsam, und die Irritation in ihrem Blick macht einem erstaunten Begreifen Platz. Die Nacht ist dunkel, dunkler, als Lea es je erlebt hat in der Stadt. Kein Mond scheint, und nirgends brennen Lichter. Sie sind im Herzen der Wüste, die gekrönt ist von unbegreiflich vielen Sternen. Ihre Zahl ist so groß, daß der Himmelsbogen zu einem schimmernden Tablett aus reinem Silber geworden zu sein scheint. Wie blau strahlende Sterne wirken deshalb die wenigen Flecken, an denen keiner funkelt.

Leas kleines Kindergesicht ist von einem Lächeln erfüllt. Die Augen fallen ihr immer wieder zu. Fast schon im Traum, murmelt sie vor sich hin: »Das muß ich mir unbedingt merken. Für später, wenn ich groß bin. Das ist wichtig.«

»Diese Reise, weißt du«, sagt Lea am anderen Ende der Bank, »diese Reise hat mir den Himmel geschenkt. Es war die schönste Reise meines Lebens.«

Jetzt schaut sie zu ihm, dieses Lächeln aus dem Auto im Gesicht. »Wenn ich Angst habe, wenn ich richtig große Angst habe, mache ich die Augen zu und fliege in den Wüstenhimmel, ins Sternenland.«

Sie streicht sich eine Strähne aus dem Gesicht, sieht auf die Uhr und wirft einen Blick auf das ehemalige Schloß am anderen Ende des Parks. »Ich muß jetzt rein, bin gleich dran. Sie machen doch noch eine Computertomographie.«

Konstantin räuspert sich. Sie schweigen.

»Ich werde auf dich warten morgen«, sagt Lea schließlich mit einem Streicheln in der Stimme. »Ich werde in deinem Zimmer sein, wenn du aufwachst.«

Konstantin schluckt trocken. Mühsam rudert er

aus der Stille in seinem Innern heraus. »Was, wenn ich nicht aufwache?« sagt er schließlich, und diesmal ist es sein Blick, der hinter den Büschen weiter vorn etwas zu suchen scheint.

Lea lacht leise. Sie geht drei Schritte, dann kommt sie noch einmal zurück, kommt nah, ganz nah heran, beugt sich zu ihm hinunter und legt ihm die Hand auf die Wange. »Tu's einfach«, flüstert sie lächelnd und küßt seine Lippen, »wach einfach wieder auf.«

Persische Namen und Begriffe

Für die Beratung bei der Transkription aus dem Persischen danke ich herzlich Dr. Kurt Scharf, dem heutigen Leiter des Goethe-Instituts Lissabon und ehemaligem Leiter des Goethe-Instituts Teheran.

Âgha	Herr, höfliche Anrede für einen Mann
Albors	Name eines Gebirges im Iran
Allâh-o akbar	(arab.) Gott ist groß
Aragh	Wodka
Asis	Geliebte/r/s (liebevoll auch für Kinder und Freunde)
Asisam	Mein/e Geliebte/r/s (liebevoll auch für Kinder und Freunde)
Batschehâ	Kinder (kumpelhaft auch für Freunde)
Chânom	Dame, Frau, höfliche Anrede
Chodâ	Gott
Chodâ hâfes	Gott schütze dich/Sie (Abschiedsfloskel)
Chodâ-râ schokr	Gott sei Dank
Damâwand	Name des höchsten iranischen Berges

…dschun	Diminutiv (wie »…chen«); abgeleitet von Dschân = Leben
Ey Chodâ	O Gott!
Enschâllâh	(arab.) So Gott will
Gholhak	Name eines Teheraner Bezirks
Hamâm	(öffentliches) Bad
Kolfat	Dienerin, Putzfrau
Labu	Rote Bete
Meydân	Platz
Niâvarân	Name eines Teheraner Bezirks
Peykân	iranische Automarke
Ssalâm	Begrüßung, guten Tag
Ssoltân	Kaiser, aber auch weibl. Vorname
Tarjâk	Opium
Tomân	10 Riâl (Riâl = persische Währung)
Tschâdor	langer Schleier

Sudabeh Mohafez, geboren 1963 in Teheran, lebt seit 1979 in Berlin. Studium der Musik, Anglistik und Erziehungswissenschaften. Langjährige Mitarbeit in verschiedenen Nichtregierungsorganisationen der Bereiche Migration und Gewaltprävention/Anti-Gewalt-Arbeit, u. a. Geschäftsführung im 2. Autonomen Frauenhaus Berlin. Lehrbeauftragte der TU-Berlin mit Schwerpunkt *Bikulturelle Lebensrealitäten.* Seit 2002 freie Übersetzerin und Lektorin. Leiterin von literarischen Schreibwerkstätten sowohl für Jugendliche als auch für Erwachsene in Deutschland und Portugal. Veröffentlichungen von Erzählungen in Literaturzeitschriften und Anthologien. Arbeitet z. Zt. als Stipendiatin der Berliner Senatsverwaltung für Kultur an einem Roman.

Viola Roggenkamp
Familienleben
Roman
448 Seiten. Gebunden. Leseband

»In kleinen Andeutungen nur tut sich eine Welt auf an Farbigkeit, Kraft, Witz, Menschlichkeit – Alltagsleben einer jüdisch geprägten Familie, eine heute seltene Kostbarkeit an Kulturgeschichte, auch von Kulturgeschichte in Deutschland.«
Barbara von Becker, *Frankfurter Rundschau*
»Nie wird die Autorin von ihrem dichten, intensiven, alles memorierenden und alles bezweifelnden Erzählton verlassen; keine Szene entgleitet ihr, alle Personen werden souverän geführt, dramaturgisch klar und doch psychologisch widersprüchlich.«
Jana Hensel, *Der Spiegel*
»Ein großer, schöner Familienroman.«
Elke Heidenreich, *Lesen!*

Peter Stamm
In fremden Gärten
Erzählungen
160 Seiten. Gebunden

»Knappe, spannende Erzählungen, die man in der U-Bahn lesen kann oder bei Grippe im Bett. Peter Stamm hat ein großes Buch geschrieben.«
Kurt Flasch, *Frankfurter Allgemeine Zeitung*

»Seiner kargen Sprache kann man sich schwer entziehen, sie zielt mitten ins Herz.«
Heide Soltau, *NDR*

»Ein Meister des Unspektakulären, ein Virtuose der kurzen erzählerischen Form.«
Hajo Steinert, *Tages-Anzeiger*